Ditte Clemens

Nirgendwo ist der Himmel so offen

W0227273

DITTE CLEMENS

Nirgendwo
ist der Himmel
so offen

Mit Illustrationen von
Armin Münch

Ingo Koch Verlag

Bibliografische Information Der Deutschen Bibliothek
Die Deutsche Bibliothek verzeichnet diese Publikation in der
Deutschen Nationalbibliografie; detaillierte bibliografische
Daten sind im Internet über http://dnb.ddb.de abrufbar

Besuchen Sie uns im Internet!
www.ingokochverlag.de

3. Auflage
Ingo Koch Verlag
Copyright © 2003 by
Ingo Koch Verlag Rostock
Alle Rechte vorbehalten
Satz: Manfred Wegner
Herstellung: printmanufaktur, Dassow
Printed in Germany
ISBN 3-938686-78-2
ISBN 978-3-938686-78-2

Inhalt

Mädchen
auf dem Hünengrab

Der lautstarke Gruß

Je weiter ich ins Landesinnere komme, um so grüner werden die Leute vor Neid, denn ich habe etwas, was sie nicht haben. Ich habe die Ostsee vor der Tür. Um ehrlich zu sein, muss ich hinzufügen, dass mich noch eine ganze Fahrtstunde von ihr trennt. Aber für die Bayern ist das schon so beneidenswert dicht wie ein Schnauzbart vor der Nase.

Die Nähe zur Ostsee hat mir nie ihre Faszination genommen. Schon zu meinen Kindertagen war eine Fahrt dorthin nicht weniger aufregend als der Heiligabend - und die Weite des Meeres beeindruckte mich wie ein Himmel voller Sterne.

„So viel Wasser auf einmal."

Ich quälte Großmutter, indem ich meinen Zeigefinger immer wieder zum Horizont richtete und aufgeregt fragte: „Was kommt dahinter?" Sie antwortete: „Noch mehr Meer." „Und danach, Oma?" Sie sagte: „Noch viel, viel mehr Meer." Erst als Großvater sich neben mich auf die Decke hockte, mit einem Daumen den Schnappverschluss seiner Bierflasche kappte und kurze Zeit später vom Fernweh gebeutelt und vom sonnenwarmen Bier benebelt leise sang: „Fährt ein weißes Schiff nach Hongkong", war meine Frage beantwortet. Ich fühlte mich erleichtert.

Schwer zu tragen hatte ich auf der Heimfahrt an meinem nassen Badetuch, das Großmutter zu einem Bündel geknotet hatte und in dem meine mühsam zusammengesuchten Schätze klapperten. Dazu gehörten unendlich viele Muscheln und unzählige wie Leoparden gefleckte und Zebras gestreifte Steine. Ich begriff schon früh, dass ich zwar die Steine, nie aber ihren Glanz, den ihnen das Meerwasser verliehen hatte, mit nach Hause tragen konnte. Manchmal waren sogar Hühnergötter, Feuersteine, Donnerkeile oder gar ein Bernstein von der Größe eines halben Marienkäfers darunter.

Einmal schmuggelte ich in Großvaters leerer Bierflasche eine Qualle bis unter mein Bett. Es war schwer, sie in die Flasche zu bekommen, aber es fiel mir noch viel schwerer, nach Wochen diese Entführung zu gestehen. Ich beichtete auch nur, weil die Qualle sehr unansehnlich geworden war. Mit zwei Daumen öffnete ich den Porzellanverschluss der Bierflasche. Großmutter stellte nach kurzer Riechprobe den Tod der Qualle fest und schlug vor, sie in der Flasche neben dem Hühnerstall zu begraben.

Meine schönsten Exemplare zeigte ich von nun an nur noch kurz am Strand vor, um sie gleich wieder ins Wasser plumpsen zu lassen. Das Gerenne mit meinen Prachtquallen, das Bauen von bauchnabelhohen Kleckerburgen, der Ringkampf mit den Wellen und so manch unfreiwilliger Schluck von Salzwasser sorgten für einen Heißhunger. Meine von Butter durchtränkten Stullen schmeckten mir auch dann noch, wenn sie zwischendurch in den Seesand gefallen waren. Noch heute macht mir Seeluft mehr Appetit als jede noch so verlockende Speisekarte in einem mit vielen Sternen geschmückten Gourmetrestaurant.

Angenehm salzig schmeckte für mich als Kind sogar der Wind am Meer. Und der Seesand, der sich in der Nacht aus meinem Haar, von den Füßen und aus der Poritze auf dem Laken verteilte, störte mich nie. Heute nennt man das Körperpeeling und bezahlt dafür nicht wenig.

Glauben Sie mir, es gibt auf der ganzen Welt keinen besseren und billigeren Masseur als Wind und Sand am Meer. Und der Wind macht nicht nur die Wangen, sondern auch die Laune rosig. Dass Karl Julius Weber, ein Vielschreiber zu Goethezeiten, 1828 völlig anderer Meinung war, enthalte ich nicht vor. Er schrieb: „Was das schöne Geschlecht angeht, so scheint mir am ganzen Ufer der Ostsee das Klima dem Teint eben nicht günstig, die rauen Winde rauben der

Haut ihren Samt und tragen das Rot zu stark auf: Rosen und Lilien können da nicht gedeihen."

Ich habe da ganz anderes zu berichten. Frischer Wind, der unter die Haut geht, hat noch nie Schaden angerichtet und auch bei den Rosen irrt der Mann. In den winzigen Vorgärten der Häuser am Meer leuchten noch bei klirrender Kälte Rosen so dominant wie die roten Punkte an verkauften Bildern in Galerien. Aber vielleicht wollte Karl Julius Weber auch nur kundtun, dass das Meer nichts für Samthäutige ist. Und da hat er recht.

Außer den streichelnden Winden gibt es hier auch immer wieder Stürme. Die können wie Ohrfeigen sein, die einem mit nassem kalten Scheuertuch verabreicht werden. Da ist Grollen und Tosen angesagt. Und wenn sich die Wellen wieder langsam beruhigt haben, sieht es aus, als zöge ein ganzes Heer von Bräuten mit silberfarbenen Kronen übers Meer, um sich sofort am Strand unter einer Tarnkappe zu verbergen.

Und auch die Frauen am Meer ähneln den Wellen mehr als man meint. Auf sie ist Verlass. Sie sind immer da. Raunen in friedlichen Zeiten dem, der ihnen wirklich lauscht, Vertrautes zu. Sie sind immer in Bewegung, auch wenn sie völlig unbewegt erscheinen und bei Sturm können sie mächtig in Wallung geraten. Die Wetterlage bestimmt ihr Aussehen. Sie können tiefsinnig dunkelblau strahlen oder giftgrün schäumend vor Wut sein, Dich sanft umschmeicheln oder mit all ihrer Kraft umhauen.

Die Ostsee ist sehr weiblich und vielleicht deshalb so unbeschreiblich.

Ich hänge noch heute an ihrem Rockzipfel und verbeuge mich noch immer vor ihrer Größe, die alles was klein macht verdrängt. Viele Jahre stand ich, obwohl das Herz übervoll war, sprachlos vor ihr.

Dann kam Janosch, ein Freund aus Ungarn. Er wünschte sich nichts sehnlicher als eine Fahrt ans Meer. Auf dem

Weg dorthin wurde der glutäugige, schwarzgelockte Wirbelwind aus Budapest immer ruhiger. Als wir da waren, schrie er: „Das Meer." Es wurde eine lange Arie, die nur aus diesen zwei Worten bestand. Je länger Janosch sang, um so höher wurde seine Stimmlage. Er endete als erschöpfter Countertenor.

Seinen lautstarken Gruß konnte ich als Norddeutsche nie kopieren, aber ich murmel nun viel in meinen Bart, wenn die Wellen meine Fußspitzen berühren. Als kluge Frau wird die Ostsee schon begreifen, dass meine leisen Komplimente eine aufrichtige Verbeugung sind.

Eine Bahnhofsgeschichte

Es ist immer noch so. Wenn ich für ein paar Tage fort war, stehe ich schon eine Viertelstunde vor der Ankunftszeit mit all meinem Gepäck vor der verriegelten Zugtür. Die rollenden Räder singen: „Nach Hause, nach Hause, nach Hause."

Die ersten Häuser von Güstrow tauchen auf. Die typische Silhouette der Stadt, fast unverändert seit Wallensteins Zeit, zeigt sich den Zugreisenden nicht. Langsam, viel zu langsam fährt der Zug für mich. Er schlendert am Rosengarten vorbei. Für einen Moment taucht hinter den hohen alten Häusern der Turm der Pfarrkirche wie die Zipfelmütze eines Riesen auf. Vor einigen Jahren erschienen die historischen Bürgerhäuser vor der großen Grünfläche noch wie eine lange graue Mauer. Jetzt wirken die Häuser mit den verrotteten Dächern, Fenstern und Türen neben ihren verschönten Schwestern noch erbärmlicher.

Kurz vor dem Bahnhof legt sich der Zug schräg in die Kurve. Für Außenstehende sieht das gefährlich aus. Ganz gerade trudelt er an der Bahnschranke vorbei. „Auch das noch", fluchen eilige Autofahrer und starren mit bitterbösen Blicken auf das blinkende Warnkreuz. Wenn die Fußgänger die Hälfte des Tunnels passiert haben, ist die Schranke meistens schon wieder oben. Ich habe hier schon lange keine winkenden Kinder mehr gesehen.

Güstrow wird angesagt. Die Stimme aus dem Lautsprecher klingt noch immer knarrend, aber die Worte befehlen nicht mehr. Statt „Alles aussteigen!", heißt es nun: „Meine Damen und Herren, willkommen in Güstrow." Warum man die Kinder vergisst, weiß die Deutsche Bahn wohl selbst nicht. Der Ansager muss von hier sein. Ich höre, was Barlach einmal so treffend formuliert hat. „Für den Mecklenburger ist die Zunge nicht zum Sprechen da. Sie liegt einfach im Mund und bleibt da liegen und rührt sich nicht."

Egal, auf welchem der fünf Bahnsteige man in Güstrow ankommt, selbst bei tropischer Sommerhitze tanzen hier kalte Winde so wild wie Hexen in der Walpurgisnacht. Die Bahnhofshalle ist frisch geliftet und trägt nun ein gepflegtes Westgesicht. Die dunkelblauen Kacheln, die alten gerahmten Parolen, die viel jüngeren gesprayten Schmierereien sind fort. Auch die Schalterfenster, die jeden davor oder dahinter an eine Gesprächserlaubnis im Knast erinnerten, sind nicht mehr da. Noch in den achtziger Jahren standen am Samstagvormittag Hunderte von Studenten davor. Nach der letzten Vorlesung hatten sie in einer Rekordzeit die Rennstrecke Pädagogische Hochschule - Bahnhof absolviert. Die Fahrkartenverkäuferinnen arbeiteten so schnell, dass man sie nur so kurz sah wie frisch gebackene Väter ihre Babys hinter der Glasscheibe in Güstrows Krankenhaus.

„Ist alles ganz anders", sagen staunend die alten Leute, die alle Jubeljahre mit dem Zug nach Güstrow kommen. Ängstlich nähern sie sich der Glastür, die sich ohne ein Zauberwort öffnet. Die Jüngeren, die die Vorsicht der Älteren belächeln, haben wohl vergessen, dass sie sich bei ihrem ersten hastigen Einkauf im nahen Ratzeburg so manche Beule an solchen Türen holten. Aber die alten knarrenden Schwenktüren in der Bahnhofshalle hatten es auch in sich. Um sie zu passieren, musste man die Beweglichkeit einer durchtrainierten Dame haben, die allabendlich als zersägte Jungfrau in einem Zirkus präsentiert wird. Es glich einem akrobatischen Kunststück, mit zwei Koffern durch die in Holz gerahmte Glasbarriere zu gelangen. Und wehe, man war der letzte. Dem schlug die Tür so erbarmungslos ins Kreuz, dass man, ohne zu lügen, behaupten kann, es hat lange vor dem Flugplatz in Laage schon eine Landebahn auf Güstrows Bahnhofsvorplatz gegeben.

An diesem Ort stehen nun die Taxen Schlange. Ein Anblick, der mich immer noch so verwundert wie in den letzten Jahren die Felder rings um Güstrow. Sie schmücken sich wieder mit Klatschmohn, Kornblumen und Kamille. Und selbst zwischen den Gleisen auf Güstrows Bahnhof blühen gelbe Blumen.

Als wir Studenten in den siebziger Jahren am späten Sonntagabend mit den Zügen aus allen Himmelsrichtungen wieder nach Güstrow kamen, hielten wir ein wartendes Taxi für eine Fata Morgana. Unsere Reisetaschen hatten durch die lieblichen Gaben unserer Mütter das Gewicht von prall gefüllten Mehlsäcken. Selbst wenn ein Taxi auf dem Bahnhofsvorplatz kein Trugbild war, war es immer noch keins, das uns befördern wollte. Auch dann nicht, wenn die Jungs die Mädchen vorschickten. Die Schönste von uns hauchte mit geübtem Tramperblick: „PH". Die Antwort des Taxifahrers war fast immer: „Nee". Heute würde man sagen, es rechnet sich nicht.

Nachts mit schweren Taschen quer durch ganz Güstrow zu gehen, war nicht angenehm, aber auch nicht gefährlich, selbst dann nicht, wenn man ganz allein war. An kalten Wintertagen wärmten wir uns vor dem langen Marsch noch in der Mitropa auf. Brühe mit Ei war das billigste von den warmen Gerichten. Doch die Brühe war nie heiß, so dass wir das bezahlte Ei stets in der Schale auf unserm langen Weg ins Studentenwohnheim mitnahmen. Den Kaffee probierte man in der Mitropa nur einmal.

In den zwanziger Jahren muss er wohl noch von ganz anderem Geschmack gewesen sein. Barlach kam damals fast täglich hierher. Güstrows Pastor schrieb, geschützt vor Telefonaten und Besuchern, in der Wartehalle seine Predigt für den Sonntag.

Auch die ersten Schritte aus dem Bahnhof müssen zu diesen Zeiten angenehmer gewesen sein. Da blickte man auf kein Imbisshäuschen, sondern auf einen künstlerisch gestalteten Stadtplan und eine Landkarte. Friedrich Schult, Barlachs Freund, hatte beides mit Temperafarben gemalt.

Aus dem Munde von „Lütten Schult" stammt der heute wieder viel benutzte Slogan „Güstrow - das Herz Mecklenburgs". So richtig schlägt es trotz aller Verschönerungskuren am Bahnhof noch nicht. Gewiss, die vielen Bäume auf dem Vorplatz stimmen die Besucher auf noch viel mehr Grün ein, und ein Straßenschild mit dem Namen Paradiesweg ist in dieser Stadt durchaus nicht unangebracht.

Hinter der Brücke in der Eisenbahnstraße erwecken die vielen Autos den Eindruck, Güstrow sei eine kleine Großstadt. Aber die meisten Touristen kennen diesen Blick wohl kaum. Sie reisen mit großen Bussen an, und auf keinem steht, wie man es noch auf dem Bahnhofsvorplatz sehen kann, „Ikarus".

Die Touristen haben in Güstrow nur drei Wünsche: Barlach, Schloss und historischer Marktplatz. Welche böse Fee hat ihnen diese Bescheidenheit bloß eingeflüstert? Ich benutze oft ihre Einflugschneisen, die nun gut befahrbaren Straßen; aber viel lieber komme ich mit dem Zug, weil mich dort jemand auf dem immer zugigen Bahnsteig erwartet, den ich vor vielen Jahren in dieser Stadt kennenlernte - unser Kind ist eine echte Einheimische.

Und schon drei Dörfer vor Güstrow singen die rollenden Räder des Zuges: „Nach Hause, nach Hause, nach Hause."

Vitt KapArkona

Altweibersommer

Ich wollte unbedingt in einem Altweibersommer auf der Insel Rügen geboren werden. Hätte meine Mutter es gewusst, wäre sie nicht mit mir von der Stadt in das einsam gelegene Bauernhaus ihrer Eltern gekommen. Sie wollte nur ein paar frische Eier und ein Stück vom selbst geräucherten Schinken holen. Zum Mittag gab es Speckbohnen und Quetschkartoffeln. Nach dem Essen kam sie nicht mehr weg. Ich meldete mein Kommen an, obwohl es noch gar nicht an der Zeit war. Aber der Tag war einfach zu gut, die Landschaft zu schön - ich musste zu diesem Zeitpunkt und an diesem Ort geboren werden. Es war der schönste Tag in diesem Altweibersommer. Die Sonne schien so, als müsste sie ihr Letztes geben. Noch nichts war zu spüren von den kalten scharfen Winden, die im Herbst das flache Land in ein ungemütliches zugiges Durchgangszimmer verwandeln. Vorbei und fast vergessen war die lähmende Hitze des Sommers, die alle Tümpel leer getrunken hatte. Die von der Sonne versengten Wiesen wurden noch einmal grün. Das ganze weite Land leuchtete in satten Farben.

Ich musste kommen und fand nichts dabei, dass mein Großvater meine Hebamme wurde. „Schön war das alles nicht", erzählte mir später meine Mutter immer wieder, „das Bett der Großeltern ewig nicht frisch bezogen, und der Großvater war in Stiefeln und in seiner Arbeitshose für den Stall, und dann die vielen Fliegen." Mich störte das alles nicht. Mir ging es gut. Es fehlte mir nur an den Pfunden, die fast alle Kinder aufweisen können, wenn sie es nicht so eilig haben wie ich. Aber meine Winzigkeit versteckte Großmutter geschickt. Sie wickelte mich in ihr bestes, noch nie benutztes Handtuch und übergab mich so meiner Mutter. Mir war nicht kalt bei all der Liebe, die ich spürte. Am Fußende des Bettes standen meine Großeltern und suchten mein kleines Gesicht nach Ähnlichkeiten mit ihnen ab. Sie flüsterten, um mich ja nicht zu erschrecken. Die Worte ihrer plattdeutschen Sprache klangen so beruhigend wie ein Wiegenlied. Der erste fremde Mensch, der mich sah, war der Briefträger. Großvater war froh, dass er endlich einen zum Anstoßen hatte.

Laufen lernte ich bei den Eltern in der Stadt. Die Großeltern waren der Meinung, dass ich es bei ihnen eher geschafft hätte. Hier auf der Insel wurden die Kinder nicht so ewig vor den Müttern hergeschoben. Sie verstanden nicht, dass meine Eltern so selten mit mir kamen. Gewiss konnte man hier nicht mit mir ausfahren. Dazu fehlte es Großmutter an Zeit, und es war auch nicht üblich. Auf der Insel waren Kinderwagen Babybetten für draußen und keine Spazierkutschen. Aber so gut wie hier hätte ich es in der Stadt gewiss nicht. Das Haus der Großeltern lag weit außerhalb des Dorfes im flachen vorderen Teil der Insel. Die Autos der Urlauber, die im Sommer scharenweise auf der einzigen große Straße in die südlichen Orte brausten, waren auf dem Land der Großeltern kaum noch zu erkennen und nicht mehr zu hören. „Den Trubel, den die da oben mit den Berlinern haben, gibt es hier nie", sagte der Großvater. Mit da oben, meinte er Saßnitz, Binz und Sellin, und als Berliner bezeichnete man auf der Insel alle Urlauber, egal woher sie kamen.

So viel ich weiß, fuhren die Großeltern nie viel weiter als bis nach Bergen. Entweder mussten sie in der Hauptstadt der Insel auf ein Amt oder jemanden im Krankenhaus besuchen. Bergen war für sie so wie es heißt. Der steile Anstieg vom Bahnhof bis zum Krankenhaus muss ihnen wie eine unfreiwillige Tour durch die Alpen erschienen sein, und die Amtsstuben waren wahrlich auch keine Stätten, wo sie sich heimisch fühlten.

Nach so einer Weltreise waren sie froh, wenn sie wieder in ihrem Haus nahe dem Kubitzer Bodden einkehren

Der Bock von Kap Arkona

konnten. Dieses Haus, die Tiere und ihre Felder waren eine sichere Insel auf der Insel.

Die neuesten Nachrichten von dieser Welt brachte der Briefträger, den alle Gustav nannten. Die wichtigsten Sterbeanzeigen und den Inhalt der an die Großeltern gerichteten Postkarten teilte er schon beim Hereinkommen mit. Und wenn es nichts Neues gab, rief er von der Türschwelle: „Edel sei der Mensch, hilfreich und gut." Gustav hoffte, dass sein Bemühen, auch dann die Zeitung zu bringen, wenn sie nichts Wesentliches enthielt, durch diesen Spruch mit einem Glas Hochprozentigem belohnt würde. Manchmal hatte er Glück. Wenn er jedoch außer der Zeitung noch ein Päckchen brachte, war Großmutter doppelt edel, hilfreich und gut. Aber so etwas passierte, wenn überhaupt, nur kurz vor Weihnachten.

Zu einem dieser Feste schenkte mir Großmutter ein Poesiealbum und sorgte damit dafür, dass die uralte Tradition, für einen anderen ein Gedicht auszusuchen und es für ihn aufzuschreiben, sich auch bei mir verankerte. Als meine Freundin sich in meinem Poesiealbum verewigte, glaubte ich endlich den Nachnamen unseres Briefträgers erfahren zu haben. „Goethe" stand unter Gustavs Worten.

Geduldig wartete man auf den Bauernhöfen auf sein Kommen. Darin ähnelten sich hier so viele Menschen. Ihre Geduld war so unendlich groß wie die Anzahl der Steine auf ihren Feldern. Irgendwann würde Gustav schon kommen. Ganz spät kam er, wenn sich ein Bauer schon zu Mittag edel, hilfreich und gut eine Flasche Korn mit ihm geteilt hatte. Dann ließ sich Gustav von seinem Fahrrad bis zu unserem Gehöft schieben und wischte sich kurz davor sein ewiges Lichtlein mit dem Jackenärmel fort, weil er wusste, dass Großmutter tropfende Nasen nicht ausstehen konnte.

Wie bei allen Häusern, gab es auch bei uns keine Klingel, keinen Briefkasten und kein Namensschild. Wer etwas wollte, klopfte nicht, sondern kam schnurstracks in die Küche. Und ein jeder, der zufällig zu den Mahlzeiten auftauchte, dem wurde Gehör geschenkt und obendrein noch Stuhl, Teller und Tasse angeboten.

Mit anderen zu teilen war bei den Großeltern etwas Selbstverständliches. Es machte sie froh, geben zu können.

Ihre wichtigsten Geschenke entdeckte ich erst nach ihrem Tod. Die Lieder, die Großmutter sang, während sie aus Milch Butter machte, fallen mir bei jedem bullerndem Geräusch wieder ein. Noch immer höre ich an Roggenfeldern die Kornmuhme flüstern. Und ich bin fest überzeugt, dass meine Großeltern viel von dem armen Fischer wussten, der da jammert:

"Manntje, Manntje Timpe Te,
Buttje, Buttje in de See,
myne Fru de Ilsebill
will nich so, as ick wol will."

Großmutter versicherte mir, dass sie einen kannte, der wiederum einen kannte, dessen Großvater von seinem Großvater wusste, dass sein Vater einen kannte, der den Butt tatsächlich gesehen hat. Und das stellen Sie sich nun einmal auf plattdeutsch erzählt vor. Das muss man doch einfach glauben.

Als meine Mutter die Großeltern bat, nicht mehr plattdeutsch mit mir zu sprechen, damit sich endlich meine Rechtschreibung verbessert, nickten sie brav und scherten sich, zu meiner Freude, einen Teufel daran.

Sie konnten sehr stur sein und sperrten sich gegen jegliche Veränderung in ihrem Leben, auch dann noch, wenn diese ihre Arbeit erleichtert hätte. Großmutter und Großvater taten immer das, was sie wollten und lebten nie mit der Angst, dass ich sie und das Leben auf der Insel vergessen könnte.

Pegasus und Poetin

Wintermärchen, Sommernachtstraum und nördlicher Diwan

Schwerin ist mein Einweckglas für Erinnerungen an meine Jugendjahre, die immer wieder grünen, sobald ich den Deckel lüfte. Das Gestern bekommt Hand und Fuß.

Jede Fahrt nach Schwerin verleiht mir Flügel. Die Reifen meines Autos werden zu Siebenmeilenstiefeln. Ich schwebe auf der B 104 kurz nach dem kleinen Ort Rampe wie auf Wolke sieben. Welch ein triumphaler Empfang. Links und rechts Wellen des Schweriner Sees, wie wogende Damastdecken umhäkelt mit viel Wald. Von meinen rasanten motorisierten Einzügen in die alte Stadt von Mecklenburg gibt es bereits mehrere Fotos vom Ordnungsamt, Abteilung Bußgeldstelle, die mich glückselig lächelnd hinter dem Lenkrad zeigen.

Nach solchen Schnappschüssen brause ich etwas gedämpfter die lange Werderstraße entlang. Das Schloss kommt auf mich zu gerannt. Der goldene Fingerhut wird immer größer und wächst mit jedem Meter zur strahlenden Prunkkappe eines Hünen heran. Der Glanz des hohen Schlossturms verleiht Schwerin, selbst wenn der Himmel wieder einmal Griesgram und Nieselpriem in einem ist, noch einen Hauch von Sonnenschein. Ein kurzer Blick auf Michael, den Erzengel, auf der Spitze der goldenen Haube ist in der Autoschlange immer möglich. Nur zu lange darf ich ihn nicht anstarren. Geradeaus fahren wäre tödlich. Also, Ampel beachten und links halten und gleich danach noch mal scharf links.

In Schwerin wähle ich entgegen meinen sonstigen Gepflogenheiten einen teuren, aber auch den schönsten Liegeplatz für das Auto. Es schaut mit der Motorhaube geradewegs auf den Alten Garten, der längst kein Garten mehr ist, aber ein Platz, von dem man Theater und Museum schon mal so recht in sein Auge schließen kann. Welch Tempel für Kunst und Kultur.

Ich eile in die Hallen vom Café Prag und fühle mich geborgen im hohen weiten Raum. „Salve", flüstere ich mir unhörbar zu, wenn mir die Kellnerin ein Kännchen Kaffee kredenzt.

Das Sahnestückchen bei jedem Schwerinbesuch ist der Pfaffenteich. Wenigstens einmal bei ihm kurz einschauen. Das „blaue Auge" der Stadt begrüßen, das am schönsten zur blauen Stunde ist. Noch einmal zu Fuß dorthin, wohin mich als 19jährige ein einmaliger Traum gebracht hat. Doch dazu später.

Welch ein Glück, wenn dann wenigstens noch ein halber Mond am Himmel steht und sein Spiegelbild im Wasser schwimmt. Wenn der Wind ein bisschen pustet, werden aus dem halben Mond viele kleine Sterntaler.

Den Unterwasserteichpalast habe ich vor einigen Jahren, da war ich schon über vierzig Jahre alt, einer garstigen Schlammnudel, der spindeldürren Seejungfrau Schiwa Schmalitzki, vermacht. Eine Märchenfigur, die Kinder neugierig auf Schwerin machen soll.

Ich war längst kein Kind mehr, als ich 1972 in die Stadt kam. 19 Jahre war ich alt, als ich staunend und ergriffen vor dem Schloss stand. Ich ging an den steinernen, sich aufbäumenden Pferden vorbei, schritt durch das Portal. Über mir schwenkte der schöne Niklot, der letzte Obotritenfürst auf feurigem Ross, seine Lanze. Ich ging ins Schloss und bezog mein Bett. Am nächsten Tag schritt ich in Jeans in den Thronsaal.

Es waren echte Jeans, die ich im August 72 in Schwerin trug. Um in ihren Besitz zu kommen, schrieb ich zwar keinen Bettelbrief an Tante Elsbeth in Lübeck, sondern berichtete nur wahrheitsgetreu von unseren blauen Hosen aus der Jugendmode, die die Verkäuferinnen auch Jeans nannten. Ich schrieb, dass sie sich schon vor der ersten Wäsche mümmelweich anfühlten, keinen Knack und Biss hatten und selbst, wenn man sie tagelang in Ata einweichte, niemals die Härte von richtigen Jeans bekämen. Ich teilte Tante Elsbeth mit, dass unsere blauen Hosen am Hintern und an den Knien Beulen schlugen, auch wenn man es vermied, mit ihnen lange zu sitzen. Ich schrieb ihr auch, dass ich im Sommer eine ganze Woche lang auf einer Dichterschule wäre und das am liebsten mit richtigen Jeans. Nach meinen lieben Grüßen notierte ich unter p.s. ganz nebenbei noch meinen Bauchumfang und meine Beinlänge.

Tante Elsbeth reagierte prompt mit Brief und Päckchen. „Da du ja noch nie einen Wunsch geäußert hast, will ich auf Deinen Hilferuf sofort antworten", schrieb sie. Es folgte eine längere Abhandlung darüber, dass Jeans ja eigentlich die Arbeitsbekleidung amerikanischer Hafenarbeiter sind. Tante Elsbeth wunderte sich ausführlich, was die heutige Jugend nur an diesen steifen Büchsen finden könnte. „Aber auch mein Sohn, dein lieber Cousin Alexander, den du leider noch nie sehen konntest", schrieb sie, „trägt so was." Und Tante Elsbeth resümierte: „Vielleicht verbindet euch junge Leute trotz der Mauer noch mehr als die da oben so denken." Dann wollte sie noch wissen, was Ata ist und flehte mich an, mein Studium an der Hochschule in Güstrow nach einer Woche Dichterschule auf keinen Fall hinzuschmeißen. Ein Lehrerstudium wäre doch was für die Zukunft. Unter p.s. teilte sie mir mit, dass selbst ihr Alexander nicht wusste, was eine Hose mit Knack und Biss ist, aber alle in Lübeck hoffen, dass mir die geschickten Jeans passen.

Sie saßen wie angegossen. Ich thronte mit ihnen umgeben von sattem Rot, strahlendem Gold und leuchtendem Weiß im Thronsaal des Schweriner Schlosses. Meine Füße in den nagelneuen Schuhen umschwebten Engel und die Initialen des Großherzogs.

21

Ich gehörte zu den 100 Auserwählten, die am Schweriner Poetenseminar teilnehmen konnten. Immer mehr Jugendliche hatten sich Ende der 60er Jahre an einem Schreibwettbewerb beteiligt, und so wurde seit 1970 im Schweriner Schloss eine Dichterschule von der Länge einer Sommerwoche durchgeführt. Eine Jury hatte zuvor über die Teilnahme entschieden. Schriftsteller und Literaturwissenschaftler betreuten junge Schreibende, die aus der ganzen DDR kamen. Die angehenden Kindergärtnerinnen, die ansonsten ihre Unterkunft im Schloss hatten, waren in den Ferien, und die jungen Poeten zogen ein. Beim 3. Poetenseminar im August 1972 war auch ich eingeladen.

Wir saßen im Burggarten unter Sonnenschirmen. Goethe kann besser sagen, wie ich mich damals fühlte. „Es schlug mein Herz, geschwind zu Pferde...", als ich neben Dichtern saß, die ich bisher nur von ihren Büchern kannte. Sie waren für mich in dem schon biblischen Alter von 45 und weiter abwärts.

Ich wurde immer kleiner, je länger die Dichter Texte anderer lebender oder längst gestorbener Dichter ohne Blatt vor dem Mund vortrugen. Die Liste der Bücher, die ich gleich nach Schwerin lesen wollte, schien kein Ende nehmen zu wollen.

Ich hielt die Mappe mit meinen wenigen handgeschriebenen Texten wie ein Kind auf dem Schoß, von dem ich plötzlich nicht mehr wusste, ob es schon laufen kann oder noch auf allen vieren krabbelt. Wir saßen im Kreis und nannten unsere Namen. Unser Leben war schnell erzählt. Hinter uns das märchenhafte Schloss mit soviel Türmen wie das Jahr Tage hat. Wir begaben uns auf dieser Insel auf die große, spannende Reise in fremde Gedichte.

Neben mir saß einer, dessen Gesicht so schmal wie das von Heinrich Heine war. Er war groß wie John Lennon und sein Haar so beneidenswert dicht wie das Fell eines Neufundländers. Er war 21 Jahre und kam aus Berlin. Auf seinen Texten lag ein abgegriffenes Reclambändchen mit Ge-

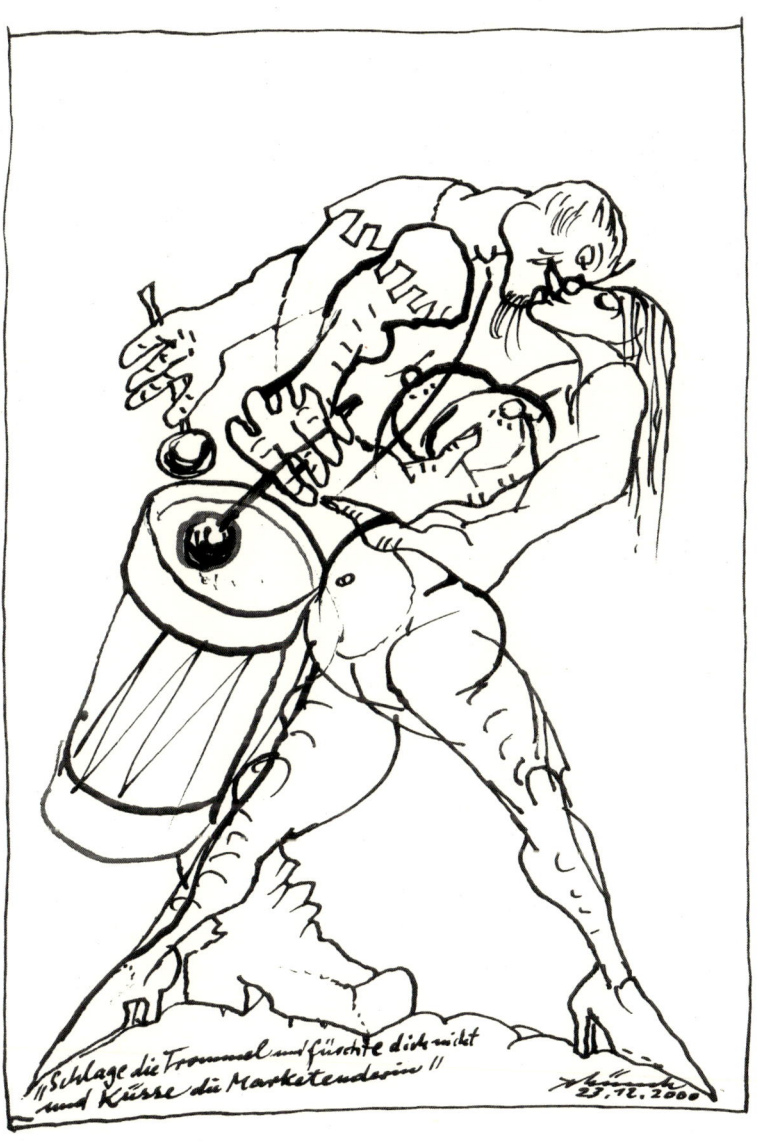

„Schlage die Trommel und fürchte dich nicht
und Küsse die Marketenderin"

dichten von Rilke. Ich nannte den jungen Mann mit den rehbraunen Augen für mich Rainer Maria.

Er war der erste, der sich traute, ein eigenes Gedicht vorzustellen. Zum Erstaunen vieler reimten sich seine Verse. Fast alle anderen stellten Gedichte mit freien Rhythmen vor. Die Jacke mit den alten metrischen Formen empfanden wir als zu eng, obwohl die meisten von uns sich noch nie die Mühe gemacht hatten, sie sich überzuziehen.

Erst am dritten Tag, die Sonne schien noch immer gnadenlos auf uns herab, und ich hatte das Gefühl, dass meine Füße plötzlich gewachsen waren, denn die nagelneuen Schuhe klebten wie eine Schraubzwinge an mir, traute ich mich, meine Texte vorzustellen. Ich strahlte vor Aufregung und durch den Sonnenbrand wie eine Glühlampe, als ich mein erstes Gedicht vortrug. Die Zunge schlüpfte mir bei jedem S-Laut durch die Zähne. Englischlehrer hätten ihre wahre Freude an mir gehabt.

„Ich würde vorschlagen", sagte der Seminarleiter, „dass das noch einmal jemand anderes vorliest. Wer will?" Rainer Maria nahm mir das Blatt aus der Hand. Aus seinem Munde klang mein Gedicht großartig, fand ich, aber viele Zeilen blieben nach der langen Diskussion nicht mehr übrig. Langsam begriff ich, dass Texte runder wurden, je mehr sie abspeckten. Welch eine Mühsal es ist, die richtigen Worte zu finden, begann ich zu ahnen. Einer der Teilnehmer des Poetenseminars resümierte: „Hoch zu Ross ins Schloss, mit gebrochnem Reim heim." Mutlos wurde ich nicht, aber ich hatte das Gefühl, so einer wie Rainer Maria war mit seinen 21 Jahren schon 100 Jahre weiter als ich. Er gehörte zu denen, die nachts noch unterm Baldachin auf dem Thronsessel im Thronsaal saßen und allen, die noch immer nicht satt waren, Gedichte vortrugen.

Er hatte es sehr mit Rilke. Nach ihm kam einer, der liebte Heine. „Schlage die Trommel und fürchte dich nicht,
Und küsse die Marketenderin."

Rainer Maria setzte sich neben mich. Er roch nach diesem langen Tag nicht mehr so gut, wie er aussah. Aber ich hätte sonst was dafür gegeben, wenn er in mir seine Marketenderin gesehen hätte.

Es küssten sich im Thronsaal immer mehr, je länger der da vorne Heine rezitierte. Und Rainer Maria sagte: „Ich geh noch mal nach unten." Ich sprang auf, hielt das für eine gute Idee, zwängte mich in meine nagelneuen Schuhe, die ich mir gerade vor ein paar Minuten ausgezogen hatte, lief ihm nach und machte mich zu seiner Motte in seinem Licht.

Auf der Wendeltreppe sprach ihn jemand, der noch dünner aussah als Spitzwegs armer Poet, nach den neuesten Gedichten von Biermann an. „Bring ich dir morgen zum Abschreiben mit", sagte Rainer Maria. Für einen Augenblick sah er mich entsetzt an, als ich wissen wollte, wer Biermann sei. Dann antwortete er: „Ach ja, ihr hier oben bekommt vieles nicht mit."

Die Nacht war sternenklar, und es war noch immer warm. Wenn er mich nur einmal in die Arme nehmen würde. „Mich friert ganz schön", sagte ich mit hochrotem Kopf. Rainer Maria zog seine sonnenblumengelbe verblasste Jacke aus und legte sie um meine Schultern. Sein Gesicht war meinem so nah. Unsere Lippen hatten nur noch den Abstand von einem Daumennagel.

„Deine Nase pellt", sagte er, „hat dich ganz schön erwischt, der Sonnenbrand."

Wir gingen schweigend nebeneinander her. Und es brannte mir auf den Lippen, Ringelnatz zu zitieren:

„Ich habe dich so lieb!
Ich würde dir ohne Bedenken
Eine Kachel aus meinem Ofen
schenken."

Aber weil Rainer Maria ohne Pause redete, sich über Barock, Sturm und Drang und Romantik ausließ, erschien mir meine Ringelnatzschwärmerei noch dünner als der Dichter. Ich lief schweigend schwärmend neben Rainer Maria her, der nur ein Ohr brauchte und bei mir gleich zwei ganz große und offene fand und dazu noch ein wild pochendes Herz, dessen Schläge er aber nicht hörte, weil seine Worte alles übertönten.

Mein Herz schlug rasend. Wenn mein Arm zufällig den seinen berührte, war mir, als hätte ich einen geladenen Koppeldrahtzaun gestreift. Mein Herz galoppierte. Ich spürte seine Schläge noch in den Schläfen und betete stillschweigend: „Nimm mich doch nur einmal in die Arme."

„Wahnsinn", sagte Rainer Maria, „der älteste Baum der Welt steht hier." Er pflückte mir ein Blatt vom Ginkgobaum. Ich nahm es wie einen Rosenstrauß und hing an seinen Lippen als er sagte:
„Fühlst du nicht an meinen Liedern, dass ich eins und doppelt bin."

„Schön, wie schön du das gesagt hast", flüsterte ich und ärgerte mich, dass die vielen S-Laute in diesem Satz wieder einmal meine Aufregung verrieten. „Das war Goethe", sagte Rainer Maria. Und während sich zu meinem Sonnenbrandrot noch Schamesröte gesellte, erzählte er, dass der große Dichter vor langer Zeit einer klugen Frau ein Blatt von diesem Baum geschenkt hatte. Sie bedankte sich mit einmaligen Gedichten dafür, die Goethe in seinem west-östlichen Diwan veröffentlichte, ohne ihren Namen zu nennen.

Mir gingen tausend Gedanken durch den Kopf. Würde ich protestieren, wenn Rainer Maria meine Texte vorlesen würde, ohne meinen Namen zu nennen?

Ich schwieg, weil ich keine Antwort wusste und mir viel wichtiger war, noch lange an seiner Seite zu sein. Bis ans Ende der Welt und noch viel weiter wäre ich gern mit ihm gelaufen und hatte mir schon mal die nagelneuen Schuhe vorsichtshalber wieder ausgezogen.

Doch Rainer Maria hatte sich müde geredet, bereits mehrmals gegähnt und seinen Fuß wieder in Richtung Eingangsportal bewegt. Völlig unprosaisch wünschte er mir eine gute Nacht.

Ich war froh, dass er vergessen hatte, mir seine sonnenblumengelbe verblasste Jacke von den Schultern zu nehmen. So blieb mir noch etwas von ihm.

Das Ginkgoblatt legte ich zwischen zwei Seiten meiner handgeschriebenen Gedichte. Ich kuschelte mich ins Bett, breitete seine Jacke unter meinem Kopfkissen aus und vergrub mein Gesicht darin. Die Jacke wurde zum fliegenden Teppich. Endlich traute ich mich zu sagen: „Komm her zu mir."

Ich kraulte Neufundländerhaare und meine Hände streichelten ein schmales Heinegesicht. Wir schwebten durch das Fenster, sahen das Schloss in all seiner Herrlichkeit von oben, flogen bis zum Pfaffenteich und landeten auf dem Spiegelbild des vollen Mondes. Hoch über uns waren bauschige Wolken, die aussahen wie bekannte Gesichter.

Goethe schwenkte ein Ginkgoblatt und rief: „Küss sie doch." Rainer Maria spitzte endlich entschlossen die Lippen und rief: „Ich bin der Tambour", und als sein Mund schon fast meinen berührte, tönte es vom Himmel: „Hier spricht Heine -Tambour habe ich vor langer Zeit gesagt, das steht dir nicht mehr zu." Rainer Maria machte eine entschuldigende Verbeugung und flüsterte mir ins Ohr: „Ach, die da oben, tun so, als hätten sie nie geklaut." Und dann küsste er mich plötzlich lange und mitten auf den Mund.

Es war, als ob der Mond Sonnenstrahlen schickte. Wir schwammen eng umschlungen im sonnenblumengelben verblassten Kahn mitten auf dem Pfaffenteich. Jeder Atemzug von uns ließ aus der runden Mondscheibe unter uns immer mehr Sterntaler träufeln. Ich warf meine nagelneuen Schuhe über Bord, zwängte mich aus den engen Jeans von Tante Elsbeth und wir ließen uns lange nicht mehr los.

5 Wallenstein u. Kurtisane   H. Münch 10.1.2010

„Meine Güte", sagte am nächsten Morgen meine Bett-
nachbarin aus Magdeburg, „hast du diese Nacht gestöhnt."
Unausgeschlafen ging sie in den Waschraum.

Ich schrieb in mein Notizbuch: „Schwerin ist mein Win-
termärchen, mein Sommernachtstraum, mein nördlicher
Diwan."

Dieser Sommer mit Rainer Maria war so, wie Rilke es
vor langer Zeit beschrieben hat, er war sehr groß.

Mutter D.

Born auf dem Darß stand neben meinem Namen. Ich hatte den weit entferntesten und wohl einsamsten Praktikumsplatz bekommen. Niemand aus meiner Studiengruppe wollte mit mir tauschen. Unser größter Trinker, der aussah, als hätte er unter seinem Hemd ein Bierfass versteckt, bat nicht einmal um Bedenkzeit, als ich ihm zusicherte, dass er bei einem Tausch für jeden Monat einen Kasten Bier bekommen würde. „Ich könnte wetten, dass es in Born mehr als nur eine Kneipe gibt", versuchte ich ihn zu überzeugen. „Bei Wustrow wär ich ja noch ins Grübeln gekommen", versicherte mir die langhaarige und langbeinige Ruth, „schon allein wegen der vielen Jungs an der Seefahrtschule."

„Wenn es Sommer wäre", sagte mir eine andere Studentin, „würde mein Vater, wenn es sein muss, sogar in Born unterrichten, obwohl er Kinder, Mathematik und Physik nicht ausstehen kann. Du kannst dir nicht vorstellen, was der alles anstellt, nur damit er im Urlaub irgendwo auf dem Fischland, dem Darß oder Zingst sein Feldbett in einem alten Schafstall aufstellen kann."

Aber es war kein Sommer. Es war Anfang März 1974, als ich zum ersten Mal nach Born kam. Mein Mantel, der mich in Güstrow noch gewärmt hatte, wurde, je weiter ich mich vom Bahnhof in Ribnitz entfernte, immer dünner. Die kalte feuchte Luft kroch durch die Ärmel, den Kragen und selbst noch durch die Knopflöcher. Sie machte mich so eisig wie den kleinen Kay, den die Schneekönigin versteinert hatte. Ich versuchte mich gegen die Erstarrung zu wehren, indem ich am Straßenrand so heftig winkte, dass einige Autofahrer meine hektische Armbewegung wohl nicht als flehentliche Bitte zum Mitnehmen deuteten, sondern eher für eine gymnastische Übung hielten. Doch auch als ich meinen Arm wieder ruhiger bewegte, stoppte von den wenigen Auto-

Paar ... Windflüchten

24. 12. 2000

fahrern nicht einer. Vielleicht war man hier noch sturer zu Anhaltern als andernorts in Mecklenburg, oder fragten sich die Einheimischen, während sie weiterfuhren, was jetzt, zu dieser frühen Jahreszeit, schon Fremde hier zu suchen hatten?

Nie gelang es mir in den drei Monaten in einem Rutsch von Ribnitz nach Born oder von dort zurück zu kommen. Es war immer ähnlich wie am ersten Tag. Nach langer Wartezeit rein in ein Auto weit entfernt von Ribnitz, raus vor dem Abzweig nach Dierhagen, fahren bis zum Anfang oder zur Mitte von Wustrow, weiter zu Fuß durch den elend langen Ort, in einem Auto bis nach Ahrenshoop, und hoffen, dass irgendwann einer hält, der in Richtung Prerow will.

Trabantfahrer waren gesprächiger als Wartburgfahrer und sie spendierten großzügig von ihren Zigaretten. Die meisten Wartburgfahrer gaben nur von ihren ab, weil sie verhindern wollten, dass ich eine Stinkbombe in ihrem Wagen entzündete. Ich rauchte „Juwel 72". Treckerfahrer, die mir für ein paar Kilometer einen buckligen Stehplatz in ihrer zugigen Kabine gewährten, brüllten mir nie mehr als die Frage nach dem Wohin zu. Aber sie ließen mich auch nie stehen.

Das Haus meiner Wirtin lag nicht an der langen Hauptstraße, sondern an einem Seitenweg. Niemals fuhr mich ein Autofahrer bis vor die Tür. Der Grund war schnell zu begreifen. Der Weg sah aus, als wäre er mit Trögen voller Schokoladenpudding gepflastert. Hoffentlich sieht und hört dich keiner, dachte ich, denn ich bewegte mich wie ein Kleinkind, das man auf einem vereisten See ausgesetzt hatte, und meine Schuhe schmatzten wie eine Horde fressender Schweine.

Meine Wirtin hatte mich schon eher erwartet. Sie zeigte mir mein kleines Zimmer und ihre nicht viel größere Küche. Sie hatte ein Fach im Schrank für mich frei geräumt. Die winzige Frau stand im Türrahmen meines Zimmers, der wie ein gewaltiger Torbogen über ihr wirkte. Als sie sagte: „Die großen Sachen sollten...", unterbrach ich sie sogleich: „Große Sachen habe ich nicht mit, nur ein paar Kleinigkeiten, denn ich werde am Wochenende nie hier sein. Seit zwei Monaten bin ich verheiratet." Frau D. gratulierte nachträglich und wiederholte mit freundlicher Gelassenheit: „Die großen Sachen müssten auf dem Häuschen im Hof erledigt werden und für Klein können Sie nachts ruhig den Eimer in der Küche benutzen." Dann fragte sie, ob ich noch Hunger hätte.

Ich war pappesatt und konnte nur noch den Kopf schütteln. „Wasser habe ich schon eingefüllt", sagte mir meine kleine Wirtin und zeigte auf die Kanne, die neben der großen Porzellanschüssel auf einer Kommode stand. „Sie können sich jederzeit heißes Wasser in der Küche machen. Na, dann gute Nacht."

Ich ging ungewaschen ins Bett und von dort in meinem Traum direkt in den Waschraum des Wohnheims der Hochschule. Aus den angeschlagenen, mit quietschenden Plastehähnen bestückten Waschbecken, die von der vielen Scheuerei mit Ata so blind wie rau waren, wurden in meinem Traum goldene Springbrunnen. Die Toiletten mit den verrosteten Wasserkästen, aus denen Ketten mit Porzellanklöppeln hingen, verwandelten sich in Glockentürme. Die Duschen an der Hochschule, die sich in den Kellerräumen neben der Turnhalle befanden und von uns Studenten berechtigt Tropfsteinhöhlen genannt wurden, waren nun ein rauschender Wasserfall. Ich stellte mich darunter und wachte klatschnass auf.

„Morgen,...Morgen", klang es in aller Herrgottsfrühe auf der Dorfstraße. Jeder grüßte jeden. Die Borner blickten freundlicher als auch ich schon von weitem „Morgen" rief und begriffen hatte, dass man sich hier zu früher Stunde seit Ewigkeiten wenigstens ein Wort schenkt und nicht stumm aneinander vorbei rennt. Der Weg zur Schule führte mich durch das ganze Dorf, vorbei an alten reetgedeckten

Häusern. Die Vorgärten mit den winzigen Buchsbaumhekken sahen für mich aus wie kleine Friedhöfe.

Die Schneeglöckchen brachen hervor. Nie wieder habe ich ein Frühjahr so intensiv wachsen sehen wie in Born. Die alten Frauen, die am Mittag in den Vorgärten hockten, die noch harte Erde mit den Händen oder kleinen Hacken auflockerten, um den Frühblühern ihr Kommen zu erleichtern, schienen die Zeit, in der es endlich wieder mehr Sonne und draußen mehr Arbeit gab, sehnlichst zu erwarten. Sie trugen Kopftücher, über den bunten Kittelschürzen wollene Strickjacken, dicke Strümpfe und darüber noch viel dickere Socken. Sie schienen auch hinten Augen zu haben, denn wenn man an ihnen vorbei ging, drehten sie sich immer um. Nun musste man statt „Morgen" „Tach" sagen, wenn man nicht als hochnäsig gelten wollte.

Neuigkeiten waren ohne Ende auf dieser Straße zu erfahren. „Na, is Mudding schon wieder auf dem Damm?" wurde einer Gruppe von Kindern zugerufen, die vor mir von der Schule nach Hause trödelte. Ein Junge nickte. Ein Mädchen, das wohl gern älter wirken wollte und deshalb ihre Schultasche am Griff an der Hand trug, bekam über einen Gartenzaun zu hören: „Tine, Ranzen über die Schulter oder willst du später mal ganz schief werden?" Wer von den Bornern noch Vieh zu Hause hatte, erfuhr ich im Bäckerladen, denn die kauften das Mischbrot zu 78 Pfennig gleich säckeweise. Beim Fleischer, wo es stets roch, als hätte man gerade Schinken aus der Räucherkammer geholt, bekam ich frei Haus geliefert, wer letzte Nacht im Borner Hof versackt war. Und in der Schule wurde sogar über mich geredet. Ich hörte es zufällig, als ich bepackt mit einer schiefen Ebene und zwei Klassenbüchern vor dem Physikvorbereitungsraum stand. „Die neue Praktikantin scheint schwanger zu sein. Aber wie es aussieht, erst am Anfang."

Die vergeblichen Gänge auf das Herzhäuschen meiner Wirtin hatten mich rundlich gemacht. Doch viel schlimmer als diese falschen Vermutungen war für mich die Tatsache, dass im Hause meiner Wirtin meine Wurstscheiben, die ich gerade erst am Nachmittag beim Fleischer erstanden und bezahlt hatte, am Abend nicht mehr aufzufinden waren. Ich wechselte die Sorten. Aber meiner Wirtin schienen auch Presskopf und sogar Blutwurst zu schmecken. Ich fand am Abend immer nur leeres Papier vor und nicht mal mehr ein kleines Zipfelchen. Noch mehr verwunderte mich, dass meine kleine Wirtin, die ich inzwischen für eine große Elster hielt, mich am dritten Tag zum Abendbrot in ihr Wohnzimmer einlud. „Schmeckt doch besser, wenn man nicht allein isst", sagte sie. Ich trabte in ihrem Wohnzimmer an, legte provozierend mein Brot und meine Butter auf die Wachstuchdecke. „Mädel, hast nichts zum Drauflegen?", fragte sie mit Unschuldsmiene. Ich nannte alle Wurstsorten, die ich in den letzten Tagen gekauft hatte. „Und das alles schon vorm Abendbrot weggemümmelt", sagte meine Wirtin, „macht ja nichts, ich hab noch Leberwurst." Mir klappte der Unterkiefer herunter, und ich erkannte erst jetzt, dass wir zu dritt waren. Ihr schwarzer Kater thronte im Sessel gegenüber und blickte gelangweilt auf die Häppchen, die ihm meine Wirtin geschmiert hatte. „Weiß auch nicht, was er hat", sagte sie, „seit gestern hat Felix überhaupt keinen Appetit mehr." Ich konnte es ihr erklären. Frau D. nannte ihren Kater einen Schweinehund und mich ein Mädel, das nicht richtig zuhören kann. „Hab ich nicht gesagt, dass alles Essbare in das leer geräumte Fach kommt." „Jawohl, das haben Sie gesagt." Und dann haben wir so lachen müssen, dass Felix, der Schweinehund, unter dem Sofa verschwand und sich den ganzen Abend nicht mehr blicken ließ.

Wir waren nun jeden Abend zu dritt. Felix fraß schon bald wieder wie eine siebenköpfige Raupe. Ich blieb das

Mädel und nannte Frau D. in den Briefen, die ich meinen Eltern und meinem Mann schrieb, nun meine Mutter D.

Gestern, notierte ich, hat Mutter D. weit nach Mitternacht bei mir geklopft. Sie muss wohl durch den Türspalt gesehen haben, dass bei mir noch Licht brannte. Sie hat mir einen rabenschwarzen und stocksteifen Kaffee gebracht. „Na, Mädel, den brauchst du wohl jetzt."

Mutter D. half mir, dass ich nicht allzu krumm vor den Lehrern aus der Schule stand, die sich bei Schülern und erst recht bei einer Praktikantin als Oberlehrer aufspielen wollten. „Was, der", sagte sie und ihre kleine Faust fuhr wie ein Donnerkeil auf die Wachstuchdecke, „der soll man bloß seinen Mund halten, von dem kenne ich alle Sünden." Leider hat sie mir diese nie verraten.

Am runden Tisch in ihrem von einem alten Ofen geheizten Wohnzimmer fühlte ich mich geborgen. Dort erfuhr ich auch schon bald, warum sie vor mehr als 36 Jahren nach Born gekommen war und was sie hier fest hielt.

Es ist eine lange Geschichte.

Sie beginnt als Frau D. noch ihren Mädchennamen trägt und 23 Jahre alt ist. Sie ist die einzige Tochter wohlhabender Eltern aus dem Riesengebirge, die einen Versandhandel besitzen. Damit Hilfe für das Geschäft aus den eigenen Reihen kommt, hat man dem Mädchen eine Ausbildung als Sekretärin ermöglicht, und sie durfte sogar den Führerschein machen, was Mitte der 30er Jahre für eine Frau noch äußerst ungewöhnlich war. 1936, bei einem Urlaub mit Freundinnen in Prerow, sieht sie einen jungen Mann, der ein Zwillingsbruder von einem Freund sein könnte, dem sie gerade einen Laufpass gegeben hat. Doch der Seemann aus Born scheint ihr ein größeres Herz und weichere Züge zu haben. Sie spricht ihn an, verwundert ihn mächtig mit den Worten, dass sie alles über ihn weiß und sagt, als er Beweise fordert, dass er, was sie an einem Abzeichen erkannt hat, Motorrad fährt, und dann nennt sie ihm sein

Geburtsdatum. Die junge Frau ist selbst zutiefst erschrokken, dass sie genau ins Schwarze getroffen hat, dabei hat sie nur die Daten ihres Verflossenen um einen Monat und ein Jahr vermindert.

Sie überzeugt den Borner Seebär, mit ihr ins Riesengebirge zu gehen. Doch der wird durch die Arbeit in einer Zellwollefabrik immer blasser. Er wird auch immer stiller, denn er spürt, dass die angehenden Schwiegereltern ihn nicht mögen. Sie rollen mit den Auge, wenn seinem Mund ein paar plattdeutsche Worte entschlüpfen. Und ihre Tochter wird immer aufmüpfiger. Sie will nicht nur ein Taschengeld von ihren Eltern, sondern für ihre Arbeit endlich richtig entlohnt werden. Als sie droht, wenn das nicht passiert, nach Mecklenburg zu gehen, sagt ihre Mutter: „Ich helfe dir gerne packen." Die junge Frau verschnürt tatsächlich Päckchen, aber heimlich. Sie verschickt ihr Fahrrad und in mehreren Kartons ihre Aussteuer nach Born. In der Nacht vor ihrer Abreise kann sie nicht schlafen. Sie hört aus ihrem Zimmer den Vater im Schlafzimmer stöhnen: „Ich glaube, das Kind geht fort." „Ach was", sagt die Mutter.

Mit dem ersten Zug um 5.30 Uhr verlässt das Paar heimlich das Riesengebirge. Kurz vor Ostern 1938 kommt es in Born an. Ein Jahr später ist die Hochzeit. Wie bei allen großen Familienfeiern schauen viele von den Bornern, die nicht eingeladen sind, durch die Fenster. Man möchte schließlich wissen, was es zu essen gibt, wie viel getrunken wird und wer mit wem tanzt. Die Braut will die Vorhänge zu ziehen, aber ihre Schwiegermutter hält sie zurück. Hier wird keiner vom Gucken ausgeschlossen. Ihre Schwiegertochter muss noch so manches lernen und einstecken. Viele fragen ganz offen: „Musste sich der Junge eine aus dem Riesengebirge holen? Als ob es hier nicht genug schöne Mädchen gibt." Bald wird noch viel mehr geredet. „Hat doch die junge Frau D. tatsächlich ihren Mann überzeugt, statt aufs Meer nun Taxi zu fahren, nur weil sie nicht so lange ohne ihn sein kann." Und einige hatten mit eigenen Augen gesehen, wenn das Taxi die Sandwege entlang schlingerte, dann hat der Seebär geschoben, drinnen saßen die Fahrgäste und am Steuer saß Frau D.: „Ist sie wirklich gefahren?" „Ja, wie der Teufel, und rauchen soll sie auch."

Zuerst lebte das junge Paar noch auf beengtem Raum im Haus der Eltern. Später bezogen sie zur Miete ein paar Räume in einem alten Haus. Als 1941 das erste Kind da ist, sieht Frau D. ihren Vater nach drei Jahren wieder. Nach weiteren drei Jahren kommt auch die Mutter mit. „Gut geht es mir", sagt die Tochter und erzählt nicht, dass sie noch immer denkt, wenn sie durch die Gegend um Born herum wandert, irgendwann müssten doch mal die Berge kommen. „Ganz schlimm war das braune Wasser in Born", sagt Frau D. Im Riesengebirge war die Wäsche immer schneeweiß und wurde trotzdem noch gebleicht. „Und weißt du, Mädel", sagt sie, „wie schrecklich für mich das Herzhäuschen war. Wir hatten zu Hause im Riesengebirge schon 1930 ein Nobelbad. Kannst du dir vorstellen, wie ich mich gefühlt habe." Ich hatte zwar noch nie ein Nobelbad gesehen, aber ich nickte wie die kleinen Äffchen aus den Spielzeugläden, die wie die Verrückten in die Pfoten klatschten und mit einem Affenzahn über den Tisch sausten, wenn man sie zu doll aufgedreht hatte.

Mit erstaunlicher Ruhe erzählte Frau D. vom Kriegsende in Born. Im stillen Dorf am Bodden schien diese Zeit, die in anderen Orten Mecklenburgs noch einmal alle Grausamkeiten des Krieges bis vor die eigene Tür brachte, fast friedlich verlaufen zu sein. Auch in ihrem Haus waren lange Zeit russische Offiziere und Soldaten. Und Frau D. gehörte wohl zu den wenigen Menschen, die bei der gefürchteten Roten Armee stibitzten. Sie schlich sich nachts die Treppe hinunter und nahm sich von der reich gedeckten Tafel mal einen Brotkanten und mal ein halb leeres Glas Marmelade. „Gehungert haben wir nach dem Ende des Krieges nicht", sagt sie. „Hering und Aal waren mehr wert als goldene Ringe und gute Tauschobjekte, wenn man sich damit über Land traute." Und Mut hat Frau D. immer gehabt.

Ein Jahr nach dem Kriegsende tritt ein Wahrsager im Borner Hof auf. Frau D. sagt ihrem Mann nicht, dass auch sie dort war. Niemals will und kann sie ihrem Mann davon erzählen. Sie behält die drei guten Voraussagen für sich und versucht die vierte zu verdrängen. Der Fremde hat ihr erstens prophezeit, dass sie sehr alt wird, zweitens, dass sie zwei sehr unterschiedliche Töchter haben wird, drittens, dass sie einmal ein eigenes Haus haben wird und viertens, dass ihr Mann nicht älter als 56 wird.

Es trifft alles ein. Zu den wirklich unterschiedlichen Mädchen kommen noch zwei Jungen. Die Borner registrieren mit Mitgefühl: „So eine kleine Frau und immer so ein Riesenbauch." Es spricht sich herum, wie lange und wie sehr sie sich bei jeder Entbindung quälen muss. Die Borner sehen, es kommt nicht nur die Hebamme, sondern auch der Arzt zu ihr. Die Glückwünsche zu den Geburten sagt man ihr auf hochdeutsch. Plattdeutsch sprechen die Borner nie mit ihr. Doch manchmal rutschen ihnen schon ein paar Brocken heraus. „1913, als die letzte große Sturmflut war, habe ich die Kuh in die Küche holen müssen", erzählt Frau D. einer Nachbarin, „und dor hett de Koh up 't Schapp schäten." Frau D. erzählt es im lupenreinen Plattdeutsch, aber versichert mir, dass ihre Nachbarin das noch viel besser gesagt hat. Sie wiederholt prustend den Satz, und ich kriege mich auch nicht mehr ein. Es ist, als fegten wir mit unserem Lachen die 40 Jahre zwischen uns einfach davon.

Und immer, wenn jemand in die Küche kommt und ein Schreiben für die Gemeinde bringt, weil Frau D. dort arbeitet, und das aufs Schapp legt und dann vielleicht auch noch in diesem Mischmasch aus Platt und Hoch sagt: „Ich lege das mal aufs Schapp", können wir uns vor Lachen kaum noch halten. Wer weiß, wie die Borner das kommentiert haben.

Aber die lange Geschichte meiner kleinen Wirtin ist noch nicht zu Ende.

Das Haus, das ihr der Fremde 1946 prophezeit hat, gehört ihr seit 1964 und ist nun mein Zuhause. Als ihr Mann schon sehr krank war, bot man es ihr an. Die jungen Eigentümer hatten den alten Katen satt und wollten lieber, was Anfang der 60er Jahre sehr schick war, in einem Neubaublock in der Stadt wohnen. Frau D. war ganz heiß auf das alte Haus. Sie lag ihrem Mann schon lange in den Ohren: „Alle Flüchtlingsfamilien, die 45 hier ohne einen Pfennig ankamen, haben sich was Eigenes geschaffen. Aber wir nicht." Sie war enttäuscht, dass ihr Mann sich für die Fischerkate nicht so recht begeistern konnte. „Von dort guckt man doch nur auf den Bodden", sagte der Borner Seebär.

Er starb 1963 qualvoll an Lungenkrebs und wurde, wie der Fremde es gesagt hatte, nicht älter als 56 Jahre. Jeder aus dem Verein der Seefahrer spendete für die Witwe 2 Mark. Der Verein hatte 1200 Mitglieder. Den Rest zum Kauf des alten Hauses sparte Frau D. mühsam zusammen. Wie alle in Born vermietete sie ein paar Räume offiziell und andere privat. Ihr jüngster Sohn, dem sie predigte, die jetzt bei uns wohnen sind dein Onkel und deine Tante, hatte viel vom Blut seiner Mutter. Er ließ sich nicht gern Vorschriften machen, und krakeelte natürlich in den unpassendsten Momenten: „Das ist gar nicht mein Onkel, und das ist nicht meine Tante." Der Traum vom eigenen Haus wäre nie wahr geworden, wenn Frau D. nach dem Tod ihres Mannes zu Hause geblieben wäre.

Sie ging zum Rat der Gemeinde und versicherte, dass sie noch immer blind Maschine schreiben und perfekt Stenografie kann. Solche außergewöhnlichen Leistungen waren gar nicht gefragt, aber man suchte eine Mutter fürs Ganze, und die wurde sie dann auch. Und einem Urlauber, der es für eine Zumutung hielt, dass man ihm eine Unterkunft mit Herzhäuschen präsentierte, sagte Frau D., nachdem sie eine Ewigkeit seinen Klagen gelauscht hatte: „Eigentlich könnte es ihrem Hintern doch egal sein, wo er hineinschaut."

Sie kam immer spät von der Arbeit, und die Stunden am Abendbrottisch sehnte ich herbei. Sie konnte nicht nur gut erzählen, sondern auch verdammt gut zuhören Wenn ich eine Prüfungsstunde bestanden hatte, öffnete sie eine Flasche Kellerperle oder goss uns einen Herz-Ass ein. Bevor ich ausführlich jammern konnte, dass es eigentlich viel besser hätte laufen können, sagte sie: „Bist du durch oder nicht?" „Ja, ich habe es geschafft." „Na Mädel, dann sei doch einfach mal froh und vergiss das Wenn und Aber." Sie hatte die Gelassenheit einer Weisen und eine Toleranz, die zu dieser Zeit von großer Seltenheit war.

Ich fuhr nur noch ungern an den Wochenenden nach Güstrow. „Könnte mein Mann nicht auch mal kommen?" „Warum denn nicht", sagte Mutter D. „Dein Bett ist zwar nicht das Stabilste, aber es wird euch schon tragen", versicherte sie mir, als sie meinen Mann auf den Hochzeitsfotos gesehen hatte

Ich präsentierte ihm die Halbinsel, als wäre ich König Drosselbart und der Herr über Land und Leute. „Hast du je einen schöneren Bodden als den von Born gesehen, einen größeren und wilderen Wald als den vom Darß? Sag an, wo gibt es Windflüchter, die noch windflüchtiger sind? Ist der Strand von Prerow nicht zuckerzauberhaft? Riecht hier nicht die Luft tausendmal besser als anderenorts? Hast du jemals besser getrunken, besser gespeist als im Borner Hof?"

Mein Mann nickte nur zur letzten Frage und sagte: „Aber Eure Frau Wirtin, lieber König Drosselbart, ist noch tausendmal besser als all die wunderlichen Dinge hier."

Für ein lauschiges Plätzchen unter den Riesenfarnen im dichten Darßer Wald, am weißen, breiten Prerower Strand und in den Wiesen vor dem Boddenwasser war es im April 1974 viel zu kalt. Machte ja nichts. „Treten Sie ein, mein

Herr, ich habe einen Diwan in meinem Ein-Zimmer-Palast mit Küchenbenutzung. Das köstliche Nass für die Morgentoilette habe ich bereits eingefüllt. Mein Herr, Sie müssen, wenn Sie mal müssen, nur noch einmal kurz den kühlen Gang zum Herzhäuschen wagen, und dann - Mensch Junge, komm endlich in meine Arme."

Das Bett hatte die Stabilität, die Mutter D. vorausgesagt hatte. Nur das Gewicht meines Mannes hatte sie unterschätzt. Kurz bevor wir im siebenten Himmel waren, sauste der Lattenrost mit mörderischem Krach und unseren vereinten Körpern auf die alten Dielen. „Jetzt wird gleich deine Mutter D. in der Tür stehen", sagte mein ernüchterter Mann. „Das macht sie nie", versicherte ich und streichelte ihm alle Bedenken von der Seele. So kamen wir von den Dielen doch noch nach ganz oben und zu der Erkenntnis, dass Born allemal eine Reise wert ist.

Zum Frühstück waren wir zu viert. Mutter D., mein Mann, ich und Kater Felix. Bevor Frau D. die weich gekochten Eier aus der Küche holte, sagte sie: „Fangt gar nicht erst an, das Bett zu reparieren, das macht mein Sohn. Ihr Studierten seid in solchen Sachen nicht so geschickt."

Zum Abschiedsfest im Mai durfte ich außer meinem Mann noch zwei weitere Freunde einladen. Mehr Schlafplätze hatte Mutter D. nicht. Wir feierten ein rauschendes Fest, gingen morgens zum Bodden und verneigten uns mit schwerem Kopf vor ihm. Ich heulte Rotz und Wasser. „Nun mach mal halblang", sagte Mutter D. im barschen Ton, „du kannst doch immer wieder kommen."

Bei meinem letzten Besuch im Oktober 2000 war Mutter D. 87 Jahre. Man hat ihr ein langes Leben prophezeit. Alt ist sie für mich noch immer nicht. Der Weg zu ihr war wie schon vor 26 Jahren nicht einfach zu nehmen.

Heißer Eispalast

Er hatte nicht geröchelt, nicht aufgeheult und kein einziges Mal gebockt. Trotz seines beträchtlichen Alters von fast 20 Jahren und seines angeschlagenen *Gesundheitszustandes* hatte der Trabant mich und das Kind leise brummelnd von Güstrow bis nach Feldberg gebracht. Über 140 Kilometer in fast 3 ½ Stunden, eine Rekordleistung. Wenn ich mein rechtes Bein ganz lang machte, erreichte der Trabant sogar die ihn erschütternde Höchstleistung von 90 Stundenkilometern. Aber so schnell wollte ich auf den gefährlich glitschigen Straßen gar nicht sein, denn es gab so viel zu sehen. Mit der Postkutsche wäre es gewiss viel gemütlicher gewesen, aber die hatte im Dezember 1910 als letzte ihrer Art in Mecklenburg die Fahrten nach Feldberg eingestellt.

Es war im Februar 1986. Frau Holle hatte nicht die Betten geschüttelt. Sie hatte sie aufgeschlitzt, und es herrschten in den Nächten Temperaturen, wie man sie nur aus der Tiefkühltruhe kannte. Nach einer Stunde Fahrt hatte das winzige Guckloch im Trabbi endlich die Größe der Frontscheibe, und auch die Seitenfenster waren aufgetaut.

Immer schöner wurde die schneebedeckte Landschaft und immer größer die Flocken, die tanzend vom Himmel fielen. Am liebsten hätte ich die Autoscheibe herunter gekurbelt, um für ein paar Sekunden die glitzernden Schneekristalle in der Handfläche zu spüren. Aber das konnte man mit unserem Trabbi im Stand und selbst bei Schritttempo nicht tun. Er hatte außer den vielen unvorhergesehenen Macken auch eine, die ich bereits kannte. Wenn man die Autofahrerfensterscheibenkurbel nur eine Winzigkeit bewegte, sauste die ganze Autofahrerfensterscheibe mit einem Affenzahn in den Innenraum der Autofahrertür hinab. Das wollte ich nicht riskieren.

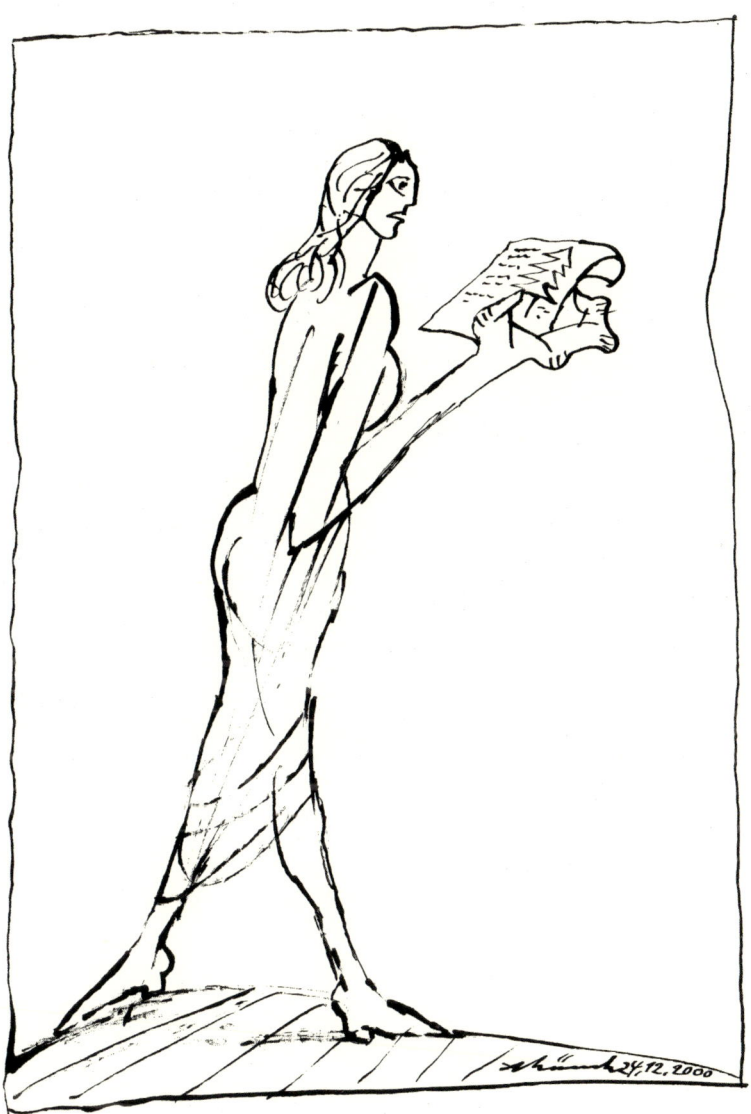

Zu diesem Fahrzeug, in dessen Besitz wir durch anstrengende Bemühungen, d.h. mit durch viel Glück gepaarte Beziehungen gelangt waren, als es bereits recht betagt war, und das viel teurer als ein unerreichbarer Fabrikationsfrischling war, entwickelte sich ein sehr persönliches Verhältnis. Viele bestreiten heutzutage ihre ehemals engen Kontakte zu den himmelblauen, papyrusweißen oder baligrünen Fahrzeugen aus Pappe. Ich stehe noch dazu.

Vor so mancher Fahrt habe ich das Auto angefleht: „Halte durch!" wenn es plötzlich röchelte, aufheulte oder gar bockte. „Wir sind noch zu weit von der heimatlichen Werkstatt entfernt", versuchte ich dem Auto zu erklären, „wo man dich wieder pflegen und hegen wird, weil ich aus Dankbarkeit für jede lebenserhaltende Maßnahme deinem Lebensretter eine selten zu sehende Flasche Nordhäuser Doppelkorn kredenzen werde. Halte durch!"

Die Fahrt im eisigen Februar 1986 schien unserem alten Trabbi zu gefallen und nichts auszumachen. Er bewegte sich über die schneebedeckten Straßen so gelassen wie ein Lord auf einem roten Teppich.

Aber ich war voller Ungeduld auf Feldberg, denn ganz in der Nähe dieser kleinen Stadt, in Carwitz, hatte der Schriftsteller Hans Fallada über ein Jahrzehnt gelebt und gearbeitet. Ich verehrte ihn sehr. Ein Mann, dem alles, was er sah, hörte und roch, zu einem Buch wurde. Ein Mensch voller Widersprüche, der aber die große Kunst beherrschte genau das aufzuschreiben, was die Menschen bewegt. Meisterhaft schilderte er für mich das einfache Leben.

Fast 40 Jahre war Fallada schon tot, als ich hierher kam. Sein Körper ruhte hier in diesem Land. Vielleicht war von seiner Seele an diesem Ort noch etwas zu erfahren. Vielleicht auch für mich etwas von der Kraft zu spüren, die dieser Landstrich seinen Sinnen gegeben haben muss.

Hinter Mirow standen Bäume mit weißen Hauben für mich und das Kind Spalier. Es grüßten uns die Seen wie ein

Sternenmeer am Himmelsdach. Überall kleine und große Gewässer, deren Augen in der eisigen Kälte wie glitzernde Gläser von Advokaten aussahen.

Fallada hatte mir in seiner autobiografischen Erzählung „Heute bei uns zu Haus" ihr Sommergesicht gezeigt. „Seen mit dem tiefsten klarsten Wasser, von einem bezaubernden Türkisgrün oder Azurblau ... Heute noch hat das Wasser etwas von der Frische und Klarheit des Eises, unsere Seen sind wie Hochgebirgsseen."

In Carwitz, im alten Haus am See, fand Fallada für einige Jahre eine Insel für sich, seine Frau und seine Kinder.

Für mein Kind ist es der erste richtige Winter. Ein Winter mit Eiszapfen, die ihm wie gläserne Schwerter von Riesen erscheinen, und mit Schneehügeln, die für das Kind himmelhohe weiße Berge sind. Diesen Winter wird es nie vergessen, und spätere Erinnerungen werden ihn noch gewaltiger erscheinen lassen, so dass wohl auch mein Kind im Alter, wie alle Alten, trotzig behaupten wird, dass die Winter früher viel schöner waren.

Ich war froh, dass wir in diesen Tagen der kleinen Stadt Güstrow entflohen waren, in der die weiße Pracht zügig von den Straßen und Gehwegen geräumt wurde und sich bald am Rande zu grauen Klumpatschhügeln verfärbte.

Hier in der Felberger Gegend war die Welt anders. Man fühlte sich so behaglich wie in einem der wenigen kleinen Bäckerläden. Wohin das Auge blickte dicker Puderzucker auf den Dächern, am Straßenrand Schlagsahneberge, und die Bäume trugen so stolz wie Bäckersfrauen weiße, gestärkte Kittelschürzen.

Schon in Carpin rief ich voller Ungeduld: „Gleich sind wir in Feldberg." Und weil „gleich" doch reichlich übertrieben war, erzählte ich dem Kind Falladas Geschichte vom verkehrten Tag. Wie falsch Knulli Bulli im Bett lag, wie ungewöhnlich die Mummi geweckt wurde und was der Schimmel mit Tante Palitzsch gemacht hatte. Und so rasch wie alle in der Fallada-Geschichte mit dem Pferdewagen nach Feldberg kamen, waren auch wir nun mit dem Trabbi dort.

Ich war froh, dass ich dieses Angebot, das mir das Literaturzentrum Neubrandenburg vor einem halben Jahr gemacht hatte, angenommen hatte. Man wusste dort, dass ich in meiner Freizeit Geschichten schrieb. Der Schriftstellerverband des Bezirkes wollte mich unterstützen. „Wie wäre es mit einer Woche Schreiburlaub, wenn Ihre Studenten in den Ferien sind? In der Sommer- und Herbstferienzeit ist das Fallada-Archiv allerdings ausgebucht. Aber im Winter 86 könnten Sie kommen."

Verpflegung und Unterkunft erschienen mir vom Angebot traumhaft. Das Fallada-Archiv, das sich seit 1981 in der Villa des Botanikers, Geologen und Geschichtsforschers Reinhard Barby befand, hatte ich im Sommer 85 erstmals gesehen. Im verschneiten Winter 86 erschien mir das abgelegene Haus noch märchenhafter. Monate vorher hatte ich meine Zusage für eine Woche Schreiburlaub im Winter 86 beantragt und nachgefragt, ob ich mein fünfjähriges Kind mitbringen könnte. „Kein Problem", wurde mir geantwortet, „aber werden Sie mit dem Kind auch schreiben können?" Ich glaubte damals, dass es möglich wäre.

Wir waren endlich in Feldberg. Ich fand das Fallada-Archiv, die Barby -Villa Am Eicholz 3, schon nach drei Fehlversuchen, zog den Schlüssel aus dem Zündschloss, stopfte den unendlich langen Sicherheitsgurt hinter den Sitz und klopfte dem Trabbi dankbar aufs eisige Dach. Er hatte von Carpin bis Feldberg so geröchelt, als würde er aus dem letzten Loch pfeifen, aber es gab keinen Keilriemenriss, nichts war mit dem Simmerring. Ich hatte nicht einmal die Drahtbürste benutzen müssen, um die Zündkerzen zu polieren. „Darfst dich nun auch sieben Tage ausruhen", flüsterte ich dem Trabbi zu.

Ich fühlte mich wie eine Königin, als ich mit großer Reisetasche in der linken Hand und mit dem Kind an der rechten Hand auf das alte Haus zuschritt.

Als Fallada 1933 das Bauernhaus bei Feldberg kaufte, nachdem er vorher, wie man sich erzählt, einen gewaltigen Schluckaufanfall mit viel Cognac bekämpft hatte, schrieb der Erfolgsautor des Romans „Kleiner Mann - was nun?" in sein Tagebuch: „Carwitz ist mir lieber als Hollywood mit seinen Zechinen."

So prunkvoll wie die Barby-Villa ist Falladas ehemaliges Landhaus nicht. Aber ich hatte Sonderbares auf der Fahrt nach Feldberg gespürt. Dieser Landstrich, mit den weichen Hügeln und unzähligen Seen, schien jedem noch so verwahrlostem Haus, jedem alten Katen, jeder Bretterbude einen Hauch von der Schönheit verliehen zu haben, in die sie eingebettet waren.

„Mama, morgen bauen wir einen Schneemann", rief das Kind. Die Schneemassen hätten für ein ganzes Bataillon gereicht. „Das machen wir", versprach ich.

In der Villa war es warm. Das Essen, das uns bereitet wurde, war königlich. Die uralten Möbel faszinierten mich. Ich hatte das große Bedürfnis, sie immer und immer wieder zu streicheln. „Mama", sagte das Kind enttäuscht, als wir unser winziges Zimmer im Obergeschoss bezogen hatten, „du hast gesagt wir werden wie in einem Schloss wohnen."

Welch ein Glück, dass ich Mister Picky nicht vergessen hatte. Er musste jetzt antworten. Mister Picky war eine winzige Porzellanfigur, die nichts Flauschiges, nichts Knuddliges an sich hatte. Keine Ahnung, wo ich diesen Vogel mit dem viel zu großen Schnabel einmal aufgetrieben hatte. Aber er schien übersinnliche Kräfte zu besitzen. Irgendwann hatte ich einmal mit seinem spitzen Schnabel an die Brust des Kindes gepocht und mit krächzender Stimme gesagt: „Hier spricht Mister Picky, Kinder, die sich nicht gerne die Zähne putzen, sind richtige Ferkelschweine."

Mister Picky schaffte es, dass mein Kind nicht nur morgens, sondern auch am Abend seine Beißerchen wie ein Weltmeister mit Putzi hobelte. Über Mister Pickys Schnabel konnte ich dem Kind so manches vermitteln, was es aus meinem Munde nie angenommen hätte.

„Das soll ein Schloss sein", maulte es, und Mister Picky antwortete: „Es ist ein Schloss, oben etwas enger, aber unten im großen Saal sind immer viele Gäste, da trifft sich die Welt, da werden Feste gefeiert, und jeden Tag gibt es Pudding." „Ehrlich, Mama?", fragte das Kind und wollte mit mir sofort in den Saal. Mister Picky hatte ins Schwarze getroffen. Es gab Pudding, und es waren Leute vom Film da.

Aufgeregt begrüßte mein Kind die Filmleute, die bei uns am Tisch saßen. Und weil zwei von ihnen ständig schmusten, fragte das Kind: „Spielt ihr die Prinzessin und den Prinzen?" Die beiden Verliebten lächelten, und mein Kind teilte ihnen mit, dass wir gleich einen riesigen Schneemann bauen würden. Das Paar nickte, und dann kraulte der junge Mann seiner Freundin ausgiebig den Nacken.

Wir bauten einen Schneemann, der mich um zwei Köpfe überragte. Jetzt wird das Kind gleich einen ganz langen Mittagsschlaf halten, und dann kannst du endlich schreiben, dachte ich.

Nein, so wie bei Fallada war das nicht möglich. Wenn er schrieb, war alles in seinem Haus auf seinen Schreibrhythmus abgestimmt. In einem Arbeitskalender notierte er täglich Schreibsoll und Schreibhaben. Nie schrieb er an einem Tag weniger als an den Tagen zuvor, eher noch mehr.

Ich bin noch vor dem Kind in den Schlaf gefallen und traf es am späten Nachmittag mit meinem Notizblock unten in der Villa. Ich hatte so oft erzählt und Mister Picky hatte es mehrmals wiederholt, dass Mama ein bisschen in Feldberg schreiben will. Ich kam gerade dazu, als das Kind sich zwischen das Paar von den Filmleuten drängte und bettelte: „Schreibt doch auch mal was." Das junge Paar nahm uns in die Mitte. Der junge Mann schrieb auf meinen Notizblock eine Nachricht und bat, diese ungelesen weiter zu reichen. Ich konnte die Botschaft noch vor der Übergabe erfassen. „Das allerbeste auf dieser Welt ist dein mopsfideler Hintern."

Die junge Frau nahm den Text mit leuchtenden Augen auf. Ich antwortete auf die Frage meines Kindes, was denn der Onkel geschrieben hätte, vorlaut: „Heute ist ein wunderschöner Tag." Das Paar nickte. „Stimmt", sagte das Kind, „aber unser Schneemann hat noch keine Nase." Und ich hatte noch keine Zeile geschrieben. Und das änderte sich auch nicht, als ich am späten Abend unten saß. Die Filmleute küssten sich einfach zu laut und zu oft. Wie sollte ich mich da konzentrieren?

Fallada schien das immer zu können. Er hatte sich nach dem Hauskauf in Carwitz im Hotel „Deutsches Haus" in Feldberg eingemietet. Zwischen Inspektionsfahrten nach Carwitz und gewiss anstrengenden Absprachen mit Handwerkern schrieb er in dem wohl nicht immer ruhigen Hotel an seinem Roman „Wer einmal aus dem Blechnapf frisst."

Im kleinen Gemüseladen in Feldberg gab es nicht mehr und nicht weniger als in allen Gemüseläden, die nicht zur Hauptstadt der Republik zählten. Kisten voll mit Weißkohl, Äpfeln und Zwiebeln. Dass die Verkäuferin uns nicht eine einzige Möhre eintüten konnte, war ihr wohl auch unerklärlich. „Die sind aus", sagte sie in einem Tonfall, dass ich sie nicht weiter mit der Frage quälte, woran denn das wieder einmal liegen könnte. Wir trabten ohne Schneemannnase traurig in unser Schloss zurück. Das Kind verschlang seinen Schokoladenpudding und nahm gierig die Puddingportionen vom Filmpaar an. Statt „Danke" sagte es: „Unser Schneemann hat keine Nase."

Zum Abendbrot überraschte uns der Filmmann mit einer ganzen Handvoll roter Knetnasen - eine größer und dicker als die andere. Das Kind suchte sich sofort eine aus. „Das ist ja nett", sagte ich. „Haben wir gern gemacht", antwortete der junge Mann „und mit wachsender Freude", meinte die junge Frau und kniff ihrem Freund vor Übermut in den Hintern.

Das Paar verließ kurz danach eng umschlungen den Saal. Das Kind und ich gingen in den Garten, um endlich den Schneemann perfekt zu machen.

Am Abend drangen aus dem Nebenzimmer sehr laute und ungewöhnliche Geräusche zu uns. Mister Picky erklärte meinem Kind: „Die Tante und der Onkel kuscheln und machen noch ein bisschen Sport, und das strengt ganz schön an, deshalb müssen sie auch manchmal stöhnen." „Aha", sagte das Kind.

Ich erzählte ihm Falladas Geschichte vom Mäuseken Wackelohr, das nach einem Katzenüberfall sein Ohr zwar nicht mehr spitzen, aber immerhin damit noch wackeln konnte und wie sehr es sich nach einem Mäuserich sehnte, mit dem es richtig schön kuscheln könnte.

Das Kind schlief mir vor dem Happy End ein. Als es tief und fest atmete, schlich ich mich hinunter. Ich war, was mir gut tat, ganz allein dort. Fast eine Seite hatte ich geschrieben, als das Kind kurz vor Mitternacht mit rosigen Schlafwangen vor mir stand. „Mama, die Tante und der Onkel machen schon wieder Sport, aber jetzt knurren sie ganz böse."

Ich folgte dem Kind in unser kleines Zimmer und dachte voller Bewunderung, was haben die zwei nur für eine Ausdauer und Kraft, aber sie waren es gar nicht, die das Kind aus dem Schlaf gerissen hatten. Ich öffnete das Fenster, eisige Luft schlug uns entgegen, und das Stöhnen wurde immer lauter. Ich holte Mister Picky und der sagte: „Das gibt es nur ganz selten auf dieser Welt, dass das Eis auf einem See so dick ist, dass es dem See fast zu viel wird. Er stöhnt unter der Last, aber stolz ist er auch, dass er das noch erleben kann."

Am nächsten Tag sind das Kind und ich über den vereisten See gegangen. Hand in Hand. „Mama, wir brechen nicht ein." „Ganz bestimmt nicht." „Woher weißt du das." „Hat Mister Picky gesagt." „Aber nicht zu mir."

Wir schlitterten vorsichtig über die Eisfläche. Wir waren im und auf dem Wasser nicht die Mutigsten. Meine Angst vorm Untergehen und vorm Fallen übertrug sich auf das Kind. Aber der Spaß besiegte unsere Ängstlichkeit, und unsere Ausdauer war so enorm, dass ich mehr noch als das Kind den Mittagsschlaf brauchte.

Nach dem Kaffeetrinken saß ich an der zweiten Seite meiner Geschichte.

Mister Picky hatte verkündet, dass der Schneemann sich wahnsinnig freuen würde, wenn er ein Mäuseken Wackelohr oder einen Knulli Bulli an seiner Seite hätte. „Aber so einen Freund", sagte Mister Picky, „kann ja niemals ein Kind ganz alleine bauen." „Ich kann das", antwortete mein Kind und erteilte mir Hausarrest. Ich versprach, mich nicht vom Platz zu rühren.

Die Filmleute hatten länger als wir Mittagsschlaf gehalten und kamen Hand in Hand die Treppe herunter, als ich immer noch bei meiner zweiten Seite war. Sie rekelten und kraulten sich nun gemeinsam auf einem Sessel neben mir und erzählten, dass sie gleich nach Carwitz wollen.

Ich hatte Falladas Haus erstmals im Sommer 85 gesehen und hatte Sehnsucht nach dem Ort, an dem Fallada so produktiv war. Nach diesem Nest, das ihm Wärme gegeben hatte und dem er durch seinen süchtigen Lebenswandel soviel Stoff für Klatsch und Tratsch geliefert hatte. „Liebste Suse", hatte er 1933 an seine Frau geschrieben, „ich fahre nun also, ..., nach Mecklenburg, und hoffe, dort ein Heim zu finden, wo wir recht glücklich miteinander werden können..."

Den Kaufvertrag unterschrieb er an seinem 40. Geburtstag. Später schwärmte er in seiner Erzählung „Heute bei uns zu Haus" von diesem Fleckchen Erde: „Von allen Fenstern sehen wir Wasser, lebendiges Wasser, das Schönste auf Erden."

Carwitz muss Fallada gut getan haben, aber er hätte wohl auch an jedem anderen Ort auf dieser Welt schreiben können, weil er schreiben musste. „Ich glaube nicht daran, dass man ein Schriftsteller wird", bekannte er 1946, wenige Monate vor seinem Tod, „sondern dass man einer ist, vom Beginn des Lebens an. Es kann sehr lange dauern, bis man es erkennt..."

Das tröstete mich manchmal mehr und manchmal weniger.

Mister Picky bemühte sich vergeblich, meinem Kind Lust auf den Dichterort Carwitz zu machen. Er erzählte abends zu all den Geschichten, die das Kind schon kannte, noch die von Fridolin dem frechen Dachs und die vom getreuen Igel.

„Willst du nicht einmal dorthin, wo der gewohnt hat, der sich all diese Geschichten ausgedacht hat?", fragte Mister Picky sehr eindringlich. „Nö", sagte das Kind. „Willst du wirklich nicht in das Haus, in dem der Papa von Knulli Bulli gelebt hat, der Mann von der Mummi, der alles Geschirr in den See geworfen hat, weil er nicht abwaschen wollte." „Macht er das immer noch", fragte mein Kind neugierig, und der wahrheitsliebende Mister Picky antwortete: „Nein, das macht er nicht mehr, denn er ist schon lange tot."

Mein Kind schüttelte den Kopf und sagte: „Na, dann will ich lieber zur Eisenbahn."

Sie stand auf einem Spielplatz in Feldberg. Das Kind wollte immer wieder zu dieser verrosteten Lokomotive. Ich lochte imaginäre Fahrkarten und machte Zuggeräusche. Das Kind konnte nicht genug bekommen von den Fahrten mit dieser Bahn, die sich keinen Millimeter vom Fleck bewegte.

Abends führte ich aufgebrachte Nachtgespräche mit Fallada. „Toll, wie Du das sagst", warf ich ihm vor, „„Kinder sind der wirklich erstrebenswerte Reichtum". Aber hast Du Dich je mehrere Tage um sie gekümmert? Deine Suse hat dir doch immer den Rücken frei gehalten. Deine Feder konnte immer eilen, wenn man Dich zum Abendbrot rief, dann hast Du bei Tisch gesessen, als wärst Du nicht von dieser Welt und in Gedanken hast Du weiter wie ein Besessener geschrieben.

Fallada, das schafft man doch nur, wenn man soviel Rücksicht erfährt und sie so rücksichtslos annehmen kann."

Ich hörte einen tiefes Stöhnen. War es der vereiste See oder das sportliche Filmpaar oder vielleicht doch Falladas Seele?

Das Kind schlief tief und fest in meinen Armen.

Ich hatte in sieben Tagen drei Seiten geschrieben, aber ich war mehrmals über den vereisten Haussee geschlittert, hatte Mister Picky Wortgewalt verliehen, war in eisiger Kälte Lokführer gewesen, hatte einen riesigen Schneemann gebaut und bei dem deftigen Gestöhne aus dem Nachbarzimmer soviel Appetit auf Liebe bekommen, dass ich auf der Heimfahrt das Gaspedal vom Trabbi ungewöhnlich hart traktierte.

Kurz vor der Abfahrt in Feldberg flüsterte ich der Seele meines heißgeliebten Falladas zu: „Unter diesen Umständen hättest du in sieben Tagen auch nicht mehr als drei Seiten geschafft."

Reise in die Welt

Für meine erste Fahrt nach Hiddensee leistete ich Schwerstarbeit. Ich schrieb mir die Finger wund, bis endlich das große G mit seinen Rundungen nicht mehr über die vorgeschriebenen Linien klaffte, das A nichts Windschiefes mehr hatte und das O die von Frl. Schmahrl geforderte Leibesfülle.

Sie hatte im Februar 1959, zu Beginn der zweiten Hälfte des 1. Schuljahres, verkündet: „Wer sich verbessert, mit dem fahre ich im Sommer nach Hiddensee." Damals war Wegfahren wirklich noch eine außergewöhnliche Belohnung. Egal wohin, Hauptsache verreisen. Wir waren alle hoch motiviert. Sogar der lange Schütt, das verzogene Einzelkind vom dicken Fleischer, meldete sich nun ständig, obwohl er fast nie eine Antwort wusste.

Frl. Schmahrl tat einiges, damit nicht nur unsere Reisefieberkurve stetig anstieg, sondern wir auch langsam begriffen, dass eine Reise wie ein Treffen mit einem Menschen sein kann, den man sehnlichst und voller Neugier erwartet.

Geduldig brachte sie uns Hiddensees Gesicht Tag für Tag näher. Sie malte geheimnisvolle Zeichen an die Tafel. „Damit haben die Hiddenseer vor langer Zeit ihre Werkzeuge und Grundstücke gekennzeichnet", erzählte Frl. Schmahrl.

Bisher brachte es sie immer zur Weißglut, wenn wir mit spitzer Feder Initialen oder Fratzen in die einheitlich aussehenden Federtaschen und Schulranzen schnitzten, um sie so mit einer persönlichen Note zu markieren. Die Vorfreude auf Hiddensee schien auch Frl. Schmahrl verändert zu haben. Sie degradierte unsere kunstvollen Tätowierungen von Hiddenseer Hausmarken auf Radiergummis und Löschblättern nicht zu grässlichen Schmierereien, sondern ging einfach mit ihren Augen darüber hinweg.

Im späten Frühjahr rollte sie die Gummitafel zusammen, auf der jeder Buchstabe des Alphabets mit seinen Idealmaßen zu sehen war und dessen Nachahmung wir bisher vergeblich angestrebt hatten. Am dicken Nagel hing nun eine völlig andere Karte. Am oberen Rand erblickten wir eine lange Buchstabenfolge. Obwohl wir alle gerade so weit waren, MIA AM ZAUN ohne große Probleme laut vorzulesen, brüllte die ganze Klasse auf Anhieb „Hiddensee." Frl. Schmahrl sagte: „Ich bin sehr stolz auf euch." Sie legte ihren Zeigefinger auf das 10 km von unserem Dorf entfernte Stralsund. „Von hier starten wir." Als sie langsam mit dem Zeigestock von Stralsund nach Hiddensee fuhr, wurde jedem von uns klar: Wer gewillt war, sich zu verbessern, den erwartete eine Weltreise.

Und einige, die bisher immer geglaubt hatten, wir fahren ins Gebirge, weil Frl. Schmahrl uns immer wieder aufgefordert hatte, auch unsere Leistungen in Sport zu verbessern, damit uns die Puste nicht ausgeht, wenn wir die gewaltigen Hügel des Dornbusches besteigen, wunderten sich nun sehr - Hiddenssee war eine Nachbarinsel. „Dieses Land", sagte Frl. Schmahrl, „wurde der Überlieferung nach vor mehr als 600 Jahren durch eine Sturmflut von unserer schönen Insel Rügen getrennt."

Sturmflut war nun auch in der Klasse. Auf Frl. Schmahrl prallte eine Woge von Fragen ein. „Was, richtig weggerissen?", riefen einige. Keiner meldete sich mehr, jeder schrie - wie man es sonst nur vom langen Schütt kannte - was er gerade dachte, in den Klassenraum. Frl. Schmahrl hielt sich wacker wie ein Kapitän eines in Seenot geratenen Schiffes. Sie behielt die Lage im Blick und verteilte Rettungsringe. „Das könnt ihr mir glauben", rief sie, „so eine Sturmflut wie die von 1304 wird es so schnell nicht wieder geben. Also keine Angst, unser Dorf bleibt wo es ist." Geduldig erklärte sie meiner Nachbarin, warum Hiddensee nicht abdriftet und für ewig und immer die kleine Insel neben der großen Insel Rügen bleiben wird. Ruhiger wurde es in der Klasse erst, als sie begann, von den Kaninchen zu erzählen, die erst vor einigen Jahrzehnten auf Hiddensee ausgesetzt wurden und sich immer noch beträchtlich vermehrten, so dass uns bestimmt einige über den Weg laufen würden. Wir hörten wieder aufmerksam zu, bis der lange Schütt dazwischen rief: „Und Schweine gibt es dort auch." „Wie bitte?", fragte Frl. Schmahrl. „Jawohl", antwortete der lange Schütt mit breitem Grinsen, „mein Vater hat selbst gesehen, dass die Hiddenseer alle splitternackt baden." Einige Mädchen quiekten und hielten sich die Hände vor die Augen. Frl. Schmahrl bewegte sich langsam auf den langen Schütt zu und richtete ihren Zeigefinger wie eine Speerspitze vor seiner Nase auf. „So, so, dann sag mal deinem Vater, was ein richtiger Hiddenseer anzieht: Unterwäsche, Wollhemd, Leinenhemd, Hose, Strümpfe, dicke Weste, und darüber kommt mindestens noch eine Wolljacke. Und ein richtiger Hiddenseer geht selbst im Hochsommer nur mit den Füßen ins Wasser." Frl. Schmahrl holte tief Luft: „Das sag mal deinem Vater." Der lange Schütt würde das bestimmt nicht tun, aber er sah so verdattert aus, dass wir vor Begeisterung klatschten.

Fr. Schmahrl wandte sich wieder allen zu. „Welche berühmten Menschen diese Insel besuchten oder sogar auf ihr lebten, wollte ich euch schon lange verraten. Albert Einstein, Gerhard Hauptmann, Käthe Kollwitz ..." Mit einer Geschwindigkeit, die wir eigentlich nur von Kühen kannten, denen plötzlich ein Schwarm von Bremsen Beine gemacht hatte, spulte sie eine Liste uns völlig unbekannter Namen ab. Während Frl. Schmahrl redete und redete, dachte ich, dass der Vater vom langen Schütt nicht nur, wie man im Dorf hinter vorgehaltener Hand behauptete, ein Schlitzohr war, weil er bei jedem Braten noch das Gewicht seines dicken Daumens mitaufschlug, sondern obendrein noch einer, der Lügen über die Hiddenseer verbreitete. Frl.

Schmahrl war an diesem Tag erst durch das Klingelzeichen zu bremsen.

Ich schlich mich am Nachmittag an den Großvater heran, der seit dem Mittag mit dem Briefträger in der Küche hockte, um mit ihm gemeinsam den Kummer über den Verlust dreier Hühner, die der Habicht geholt hatte, herunterzuspülen. Nachdem die beiden Männer sich wieder einmal zugeprostet hatten, fragte ich: „Opa, weißt du was von Hiddensee?." „Soll schön dort sein", antwortete er mir. „Hiddensee", rief der Briefträger und schnalzte mit seiner schweren Zunge, „oh Mann, oh Mann, da laufen die Weiber alle nackt in den Dünen rum und hinter jedem Busch hockt einer mit ner Staffelei und malt nur Brüste, nichts anderes als ganz dicke, fette Brüste." „Hoch lebe Hiddensee", brüllte mein Opa. Bevor die Männer erneut „Prost" sagen konnten, stürzte meine Großmutter in die Küche. Mit ihrer Hand schoss sie schneller, als ich es je von einem auf Hühnerleiber gierigen Habicht gesehen hatte, auf den Flaschenhals zu. Sie riss die Flasche Korn an sich und sagte mit einer Lautstärke, unter der sich Großvater duckte: „Nun ist aber genug, solche Reden vor dem Kind, schämt euch!"

Dem Briefträger fiel plötzlich ein, wer alles noch auf Post von ihm wartete, und Großvater wollte nun noch einmal nach den Hühnern sehen.

„Laufen auf Hiddensee wirklich Nackte rum", fragte ich Großmutter. „Ach was", winkte sie ab, „der Gustav, der Doesbüddel, weiß manchmal nicht, was er sagt. Der kennt doch Hiddensee gar nicht." „Irgendwann", versicherte mir Großmutter, „fahre ich mit Opa auch mal dort hin." Und das war für mich ein Beweis dafür, dass es auf Hiddensee bestimmt keine Nackten gab, denn Großmutter würde sich nie an einen Ort begeben, in dem man ausgezogen herum lief. Sie regte sich ja schon über die Frauen vom Fernsehballett auf, wenn die in der Samstagabendsendung in kurzen Höschen ihre langen Beine schwenkten. „Wie schenierlich", sagte sie und nippte an ihrem Eierlikör. Großvater nickte und antwortete: „Nix von Schamgefühl" und starrte wie hypnotisiert auf den Bildschirm. Großmutters Unterhosen waren längst nicht so farbenprächtig und außerdem bestimmt dreimal größer und an den Beinen viel länger. Aber das wusste ich nur, weil ich ihr die Holzklammern beim Wäscheaufhängen reichen durfte. In Unterwäsche habe ich meine Großeltern nie gesehen. Ich kannte sie nur in Alltags-, Festtags- und langer Nachtkleidung. Wenn sie einmal im Jahr mit mir an den Strand von Altefähr fuhren, warf mir Großmutter, sobald ich geäußert hatte, ins Wasser zu wollen, eine Decke über den Leib. Mit wachsamen Augen und festen Griffen an der Decke sorgte sie dafür, dass kein Ritz entstand, der fremden Blicken auch nur die Sicht auf ein Zehntel meiner nackten Pobacken ermöglicht hätte. Meine Großeltern zogen sich am Strand nur die Socken aus. Oma raffte ihren Rock bis zu den schneeweißen Waden und Opa krempelte sich die Hosenbeine bis zu den Kniekehlen hoch. Am nächsten Tag erzählten sie stolz dem Briefträger, dass sie mit mir in Altefähr gebadet hätten.

Und der lange Schütt, der im Gegensatz zu allen anderen aus der Klasse jedes Sommerwochenende mit seinen Eltern in Altefähr verbrachte, erzählte uns ganz aufgeregt, dass er am letzten Sonntag Frl. Schmahrl am Strand gesehen hätte. „Im Badeanzug", tuschelte er uns zu und machte eine Riesenarmbewegung, als er allen beschrieb, wie groß die Brüste unserer Lehrerin waren. Damit wir ihm glaubten, dass er sie tatsächlich im Badeanzug gesehen hatte, rief er gleich zu Beginn der Stunde unserer Lehrerin zu: „Toten Mann können Sie schon ganz gut."

Frl. Schmahrl nickte und sagte: „Jetzt zur Badezeit ist Weihnachten auf Hiddensee gewiss nicht das passende Thema, aber ich habe euch noch gar nicht erzählt, dass die

Hiddenseer lange Zeit keinen Weihnachtsbaum kannten." Wie hatten sie dieses Fest nur ohne diesen Baum feiern können, fragten wir uns. Frl. Schmahrl zeigte uns Bilder vom Hiddenseer Bügelbaum. Kerzen, Knistergold, Backpflaumen, Äpfel, bemalte Mehlpuppen und bunte Papierfahnen an einem winzigen Bäumchen. Das sah ja ganz niedlich aus. Aber kein Vergleich mit den geschmückten Tannen, die wir kannten.

Wenige Tage vor unserer Reise zeigte uns Frl. Schmahrl Bilder vom Hiddenseer Goldschmuck. „Vielleicht gehörten diese Schätze", erzählte sie geheimnisvoll, „einmal dem Dänenkönig Harald Blauzahn oder vielleicht waren sie auch Piratenbeute." Der lange Schütt versicherte, ohne dass ihn jemand gefragt hätte: „Das krieg ich schon noch raus."

Am nächsten Tag piekste Frl. Schmahrl mit dem Zeigestock auf Hiddensees Leuchtturm. „Der ist so hoch wie fast 70 von euch übereinandergestellt", erzählte sie. Uns wurde allein bei der Vorstellung schon ganz schwindelig. Die Erwartung, solch eine Höhe demnächst mit den eigenen Augen erfassen zu können und das ewige Gerede vom langen Schütt, dass es da doch garantiert Nackte zu sehen gäbe, stachelte unseren schulischen Ehrgeiz mächtig an.

„Na, wie sieht Hiddensee für euch aus?", fragte Frl. Schmahrl einen Tag vor unserer Reise. „Ganz lang und dünn", meinten die meisten. Und der lange Schütt rief dazwischen: „Wie ein Aal, der eine Murmel verschluckt hat, dafür eins an den Latz gekriegt hat und nach Luft japst." Die wenigen, die dem langen Schütt erstmals recht geben wollten, wurden durch Frl. Schmahrl sofort gebremst. „Oh nein", rief sie, „Hiddensee ist doch kein Aal. Es gleicht eindeutig einem Seepferdchen." Wir nickten, weil wir dem langen Schütt nur ungern zustimmten, obwohl niemand von uns recht wusste, wie ein Seepferdchen aussieht.

Und am letzten Unterrichtstag vor der großen Reise schlug Frl. Schmahrl mit bedeutungsvoller Miene ein Buch auf und las uns vor:

„Bumerang
War einmal ein Bumerang;
War ein Weniges zu lang
Bumerang flog ein Stück,
aber kam nicht mehr zurück.
Publikum – noch stundenlang –
wartete auf Bumerang."

„Das ist ein Gedicht", sagte Frl. Schmahrl, um wieder Ruhe in unsere sehr belustigte Klasse zu bringen. „Wenn das ein Gedicht ist", rief der lange Schütt, dann wäre auch er ein Dichter, denn so einen Quatsch hätte er ohne Ende auf Lager. „Das ist ein Gedicht", wiederholte Frl. Schmahrl, „ein Gedicht vom großen Dichter Joachim Ringelnatz, der sehr oft auf der Insel Hiddensee war, um seine Freundin, die Königin des Stummfilms, zu besuchen." Und Frl. Schmahrl erzählte uns, dass der große Dichter auf Hiddensee immer eifrig nach Bernstein gesucht hat und das Haus seiner Freundin wie ein Karussell aussehen würde. Frl. Schmahrl ließ aus, dass Ringelnatz bei seiner Bernsteinsuche immer nur Kneipen fand, in denen es einen guten Korn gab. Und erst viel später las ich, wie sehr Asta Nielsen den kleinen und unwahrscheinlich mageren Mann verehrte, der keinerlei „Ismen" anzugehören wünschte. Sie sah in ihm ein verkanntes Genie, aber auch einen Menschen mit verblüffend wertlosen Ansichten. Sie muss ihn gut gekannt haben. Aber das habe ich erst viel später erfahren.

Wir fuhren im Sommer 1959 mit dem Zug von unserem Dorf nach Stralsund zur Anlegestelle des Dampfers nach Hiddensee. Alle aus der Klasse waren dabei. Denn Frl. Schmahrl war der Meinung, dass sich jeder von uns irgendwie verbessert hatte.

Warum der lange Schütt auch zu den Verbesserten gehörte, blieb uns ein Rätsel. Er fuhr nicht mit uns im Zug. Er wurde von seinem Vater im Auto zur Anlegestelle des Dampfers gebracht. „Lobenswert", sagte der Fleischer, dessen Nase wie abgehangenes Rindfleisch schimmerte und dessen Bauch sich unter dem Hemd spannte, als hielte er einen Rettungsring darunter versteckt. „Außerordentlich lobenswert, dass sie den kleinen Rotzlöffeln mal etwas von unserer Heimat zeigen", sagte der Fleischer zu unserer Lehrerin. Er schüttelte ihr so derb die Hand, dass jeder von uns sah, wie froh sie war, als Herr Schütt von ihr ließ. „Hab meinem Bengel noch Proviant für alle mitgegeben", sagte er, stieg in sein Auto und verschwand mit lautem Hupen.

Der Dampfer vor uns erschien uns gewaltig. Ein Schiff, das gewiss ohne Mühen bis nach Amerika kommen würde. Ich wusste damals nicht, dass dieser Dampfer die Hiddenseer einmal viel Geld gekostet hatte. Sie ließen ihn in Polen bauen. 1925 lief das Schiff vom Stapel. Ein Dampfer mit guten Seeeigenschaften. Mit ihm rettete man zwei Jahre später in Sturm geratene Seeleute bei Vitte. 1945 brachte er Stralsunder, die vor dem Eintreffen der Roten Armee in Panik geraten waren, nach Hiddensee, weil sie glaubten, auf der kleinen Insel in Sicherheit zu sein. Niemals gab es einen Unfall mit dem Dampfer „Swanti".

Mit ihm machte ich also meine erste Fahrt nach Hiddensee. Das Schaukeln war anfangs noch angenehm. Es erinnerte mich an die wenigen Karussellfahrten, die ich bisher in Stralsund genossen hatte. Doch die Fahrt auf der Swanti dauerte drei Stunden, viel länger als etliche Karussellrunden. Nach einer halben Stunde hatte ich das Gefühl, mein Magen würde wie an einem Flaschenzug hoch und runter gezogen. Obwohl ich vor Aufregung am Morgen kaum etwas gegessen hatte, war mir, als läge in meinem Bauch ein Sack voller schwerer Kieselsteine, der wie von einem Fla-

Gerhart Hauptmann kritzelt an die Wand seine „Nachtgedanken"

schenzug bewegt sich langsam nach oben quälte. Vor mir saß der lange Schütt und aß die zweite kalte Bockwurst, verfütterte die dritte an die Möwen, und als er in die vierte Bockwurst biss, musste ich grauenhaft rülpsen. Der lange Schütt legte anerkennend die Hand auf meine Schulter: „Mensch, du kannst das fast so gut wie ich." Vielleicht war es der Anblick der vielen kalten Bockwürste und dazu das ewige Rauf und Runter und dann noch der Schulterschlag vom langen Schütt, der meinen Magen völlig durcheinander brachte. Der Flaschenzug klemmte plötzlich. Der Sack mit den Kieselsteinen presste sich durch meine Speiseröhre wie Lavamasse aus einem Vulkanschlund. Ich schaffte es gerade noch an die Reeling. Ich hörte, wie sich Frl. Schmahrl erkundigte, wo ich abgeblieben sei, als sie meinen leeren Platz erblickte. „Die kotzt", sagte der lange Schütt und griff nach der nächsten Bockwurst.

Als wir an Land gingen, standen mir noch immer Tränen in den Augen und Schweißperlen auf der Stirn. Meine Knie zitterten. Frl. Schmahrl setzte mich in einer Gaststätte direkt an der Anlegestelle ab und sagte völlig hilflos: „Kind, was soll ich jetzt bloß mit dir machen." Ich kam mir sehr stark vor, als ich mit zittriger Stimme antwortete: „Gehen Sie mit den anderen." Ihre Hand streichelte meine weiße Wange, und Frl. Schmahrl tat tatsächlich, was ich gesagt hatte. Es war nicht zu überhören, wie die ganze Klasse davonzog. Einige brüllten: „Hiddensee, wir kommen." Sie stürmten los, als stünde an der nächsten Ecke jemand, der seine Arme ausgebreitet hatte, um sie feurig zu begrüßen.

Ich war dann erst einmal sehr froh, auf einem Stuhl zu sitzen, der sich nicht bewegte. „Mädchen, du bist ja ganz grün", sagte die Kellnerin. Später kam sie und brachte mir eine Weißbrotschnitte. „Iß mal, sonst kommt nur noch Galle." Dieses Organ, das meine Großmutter immer sehr vorsichtig behandelte, wenn sie Hühner ausnahm, wollte ich auf keinen Fall verlieren. Irgendwann am späten Nachmittag, zur letzten Fähre, kam meine Klasse ins Lokal gestürmt. Alle redeten durcheinander. Einige hielten Sanddornzweige in der Hand und erzählten aufgeregt, dass der Name dieser Pflanze dorniger Pferdetöter wäre. Andere holten Scherben aus ihren Hosentaschen und erklärten mir, dass sie das Gold des Meeres gefunden hätten. Von dem komischen Haus, das wirklich wie ein Karussell aussieht und in dem der Bumerangdichter einmal war, redeten sie. Meine Freundin erzählte, dass sie zwar noch nicht wüsste, wen sie einmal heiratet, aber immerhin schon wo. Sie schwärmte von dem Rosenhimmel in der Kirche von Kloster. Der lange Schütt erzählte, dass da einer was auf die Tapete im seinem Schlafzimmer gekritzelt hat. „Wie hieß der noch mal", fragte er Frl. Schmahrl, und die sagte: „Das waren Nachtgedanken vom großen Dichter Gerhard Hauptmann." Und alle berichteten, dass sie am Dornbusch bis nach Dänemark blicken konnten.

Ich hatte weder Dänemark noch irgend etwas von Hiddensee gesehen. Nun hatten alle eine Antwort auf die Frage nach dem schönsten Ferienerlebnis, und was sollte ich Frl. Schmahrl zu Beginn des 2. Schuljahres aufschreiben?

Sie nahm mich, als ahnte sie meinen Kummer, auf der Rückfahrt zur Seite, legte den Arm um mich und sagte: „Du kommst noch oft hierher."

Von Stralsund bin ich niemals mehr nach Hiddensee gefahren. Meinem Magen bekommt die kurze Fahrt von Schaprode von der Insel Rügen auf das kleine Eiland besser. Doch ein Wassertaxi ist viel zu schnell. Viel besser ist die Fähre. Sie nähert sich langsam tuckernd dem langen schmalen Land mit den weiß getünchten Häusern.

Es ist wie ein Treffen mit einem Menschen, den man sehnlichst und voller Neugier erwartet.

Mein *Am Brunnen vor dem Tore*

Wenn der Mecklenburger außer Haus geht, dann geht er in ein Haus, in dem er sich wie zu Hause fühlt, und das nennt er sein Cafè. Auch ich habe mein Cafè, das auf mich so anziehend wirkt wie der Gesang der Loreley auf die Schiffer am Rhein.

Ich schaffe es nie, nicht in dieses Haus einzukehren. Die an der Wand baumelnde schmiedeeiserne dickbauchige Kanne, mit einer Tülle wie ein zum Kuss geformter Elefantenrüssel, winkt mir schon von weitem zu. „Komm her zu mir..." Ich kann nicht widerstehen. „Am Brunnen vor dem Tore", säuselt es in meinen Ohren. „Du fändest Ruhe dort", heißt die letzte Zeile des alten wehmütigen Liedes.

Ich finde sie hier, wenn ich sie brauche, und außerdem noch Zeitungen am Tresen. Nirgendwo könnte ich sie so ungestört lesen wie in diesem Haus. Kein Mann, kein Kind, kein Spülautomat, kein Herd, kein Bügeleisen, kein Staubsauger, kein Telefon und kein Schreibtisch schreien nach mir. Ich fühle mich wie eine Königin, werde vertraut begrüßt und mit angenehmer Distanz bedient. Der Kaffee wird serviert mit einem Sahnekännchen, das aussieht, als käme es aus meiner alten Puppenstube. Die Kerze auf dem kleinen runden Tisch mit weißem Deckchen wird angezündet, und immer stehen frische Blumen auf dem Tisch. Alte Bekannte sind schon hier, oder ich locke sie mit krummem Zeigefinger an meinen Fensterplatz. Knusperknusperknäuschen – keiner kann widerstehen. Und wenn tatsächlich niemand eingefangen werden kann, muss man nicht allein bleiben. Viele warten auf den seltenen Augenblick, in dem ihnen endlich einmal einer zuhört. Wann immer man will, gibt es fremde Gesichter und neue Geschichten.

An den Markttagen platzt das kleine Café fast aus den Nähten. Dann flackert der Name „Klein Paris", der meiner

Stadt im 19. Jahrhundert, zur Zeit des florierenden Woll-handels und wegen der üppigen Feiern nach guten Ge-schäftsabschlüssen angedichtet wurde, wieder auf.

Man trifft hier auf laute und leise Menschen, auf verzwei-felte und hoffnungsvolle, auf junge und alte, auf verliebte und geschiedene. Die ganz frischen von den Letzteren tran-ken hier vor der Wende manchmal mit dem Expartner noch einen Kaffee, nachdem im gegenüberliegenden Haus der Richter gerade ihre Ehe annulliert hatte. Der Volks-mund taufte deshalb diese Stätte auf den Namen „Schei-dungscafé". Es hat übrigens eine viel längere Geschichte als so manches Kaffeehaus in der Stadt Wien, das zum Inbegriff europäischer Kaffeehauskultur wurde.

Mich zogen 1969 nicht Kuchenhunger und Kaffeedurst in das Scheidungscafé. Ich war auf der Flucht vor der Kälte. Der Weg durch die Stadt erschien mir an diesem kalten Wintertag wie ein nicht endenwollender Marathonlauf. „Im Scheidungscafé gibt es einen bullerwarmen Ofen", sagte mein Kofferträger. Wohlige Wärme umarmte mich, als ich den ersten Schritt über die Schwelle des Scheidungscafés setzte. Ich erlebte in all den vielen Jahren nur ein einziges Paar, das die Bezeichnung Scheidungscafé rechtfertigte.

Von meinen Erinnerungen an meinen allerersten Tag in diesem Haus, im Winter 1969, sind nur noch zwei lebendig. Die feuerrote Blume in der kleinen Nische. Vielleicht ist die Plasteblüte Schuld daran, dass mich noch heute geniale Fälschungen faszinieren. Und auch die Frau an meinem Nachbartisch habe ich nicht vergessen. Ihr Haar war weiß. Sie trug ihr letztes Gesicht. Ihre schmalen Finger schmück-ten wertvolle Ringe. Die alte Frau hatte sich von zu Hause eine Kerze mitgebracht, weil die sicher wohl wieder einmal Mangelware waren. Sie ließ das Wachs auf den mitgebrach-ten weißen Plastemarmeladendeckel tropfen. Als die Kerze gerade stand, lehnte sie sich zurück. „So, jetzt machen wir es uns gemütlich", sagte sie. Zufrieden blickte sie in das warme Licht und genoss es, mit uns gemeinsam zu schweigen.

Jetzt, da ich beginne, meine Jahre zu registrieren, interessiert mich auch das Alter der dicken Kastanie in der Straße meines Cafés. 130-150 Jahre hat mir ein Baumexperte gesagt. Und den wirklich ältesten Baum der Stadt kann man nun auch vom Scheidungscafé sehen, wenn man in sein Gartenlokal einkehrt. Es ist eine Linde. „Am Brunnen vor dem Tore", klingt es in meinen Ohren. Erinnerungen werden geweckt.

In den siebziger Jahren traf man hier auf Frauen, die vorzeigten, was sie bei ihrem Einkauf erbeutet hatten. Bettwäsche, Glasvasen und sogar WC-Reiniger wurden wie Eroberungen von Feldzügen präsentiert. Den Nachgeborenen sei gesagt, es gab vor wenigen Jahren einmal Zeiten, wo man sich freute, erworben zu haben, was es nun überall zu kaufen gibt. Und es gab im Scheidungscafé immer Reiseberichte. Vielen wuchsen die Ohren fast zu den Nachbartischen, wenn alte Damen und Herren von ihren Fahrten nach Köln, Bremen oder Hamburg erzählten. Einzelheiten erfuhr man nie. Wenn man dachte, jetzt geht es richtig los, kam immer der Satz: „Das kann man sich nicht vorstellen." Solche Worte wirkten damals so unangenehm wie heutzutage die Werbepausen im Fernsehen. Am Tisch der Alten trösteten sich einige mit der Bemerkung, dass sie im nächsten Jahr ja auch fahren könnten. Die schon zu den Reisebewilligten gehörten, sagten: „Mal hinfahren ist schön, aber immer möchte man drüben auch nicht leben." Die Runde der Alten ist kleiner geworden. Viele sind in den letzten Jahren gestorben. Von Reisen erzählen nur noch wenige. Von ihren Ängsten, Krankheiten und Sorgen sprechen sie leise. In diesem Haus wurde nie laut gestritten. Die kleine Stadt ist und bleibt hellhörig.

Man trifft hier auf die unterschiedlichsten Menschen, manchmal sogar auf Künstler, Philosophen, Journalisten und

Literaten, aber es ist längst nicht so wie im großen Paris. Die Franzosen nennen ihre heimischen Kaffeehäuser „Fabriken des Geistes." Der entscheidende Ruf an das Volk zum Sturm auf die Bastille soll 1789 in einem Café gehört worden sein. In meiner Stadt flackerten zweihundert Jahre später, im Herbst 1989, die Kerzen erst auf, als in anderen Städten die Feuer bereits loderten. Hier hat man sich schon immer bedächtig verhalten. Im Scheidungscafé spürt man noch jetzt viel von dieser Ruhe, die nicht immer unangebracht war.

Erst jüngst wurde bei den Sanierungsarbeiten auf dem Dachboden ein Aktenordner aus den Jahren 1924/25 gefunden. Was der damalige Konditormeister bei Firmen in Pössneck, Berlin, Hamburg, Lübeck, Thale, Magdeburg und Luckenwalde bestellte, klingt bereits fremd in unseren Ohren. Da ist zu lesen von Sparwürfelzucker, Schneekesseln, einer Wandkaffeemühle mit Schwungrad, von Kringel und Kränzen, Nonpareille, Milchküssen, Marzipanlack, grüner Farbe, Schlummerpunsch, Marzipankneifern, Rosentüllen, Dressierbeuteln, Alpacca Moccalöffeln, Ziehmargarine, Viehsalz, Eigelbfarbe und Korinthen.

Vielleicht wird man sich in hundert Jahren ähnlich wundern, was Ende des 20. Jahrhunderts auf der Karte eines Cafe's mitten in Mecklenburg angeboten wurde. Russische Schokolade, Irish Coffee, Wiener, Holländischer Kaffee und Toast „Hawaii". Wird es in hundert Jahren noch die dickbauchige Kanne geben, die erst zu DDR-Konsumzeiten an der Hauswand angebracht wurde? Werden dann noch die viel älteren drachenköpfigen Regenspeier in der Nachbarschaft existieren? Wer weiß das schon. Aber ich bin mir sicher, auch in hundert Jahren wird das Lied vom Brunnen vor dem Tore nicht vergessen sein, und wenn es dann dieses Café noch gibt, wird man dort einkehren und finden, was das uralte Lied verspricht.

Der grünste Baum

Weiß, ganz weiß sind die Weihnachten meiner Kindheit. Das Haus der Großeltern auf der Insel Rügen trägt immer eine Pudelmütze aus Schnee. So und nicht anders sind meine Erinnerungen.

Die vereisten Flocken knirschten unter den Stiefelsohlen, wenn Großvater und ich in den Wald gingen. Der Hund, der aussah, als wäre er aus sämtlichen Hunderassen des nah gelegenen Dorfes zusammengestrickt, wackelte auf seinen kurzen Dackelbeinen mit hoch aufgestelltem Kringelschwanz eines Spitzes und mit steil aufgerichteten Schäferhundohren vor uns her. Er schien sich nicht ernsthaft zu bemühen, Großvaters Befehl zu befolgen, der da lautete: „Sofortige Meldung, wenn es nach Förster riecht."

Die Auswahl unserer Weihnachtstanne zog sich hin. Großvater übergab mir eine zerknitterte Papiertüte, auf der mit blassen braunen Schriftzügen stand „Verbandsmaterial". Mit Wattebäuschen, Heftpflastern oder Baumwollbinden, je nach dem, was die Tüte hergab, musste ich alle Tannen markieren, die Großvater nicht Krücke genannt hatte. Unter den Auserwählten suchte er in mehreren Rundgängen die eine, die so gerade stand wie ein Mann im Sturm, und deren Umfang so mollig rund war wie Großmutters Hüften. Irgendwann, wenn meine Hände in den Schafwollhandschuhen, meine Füße in den Schafwollsocken und meine Ohren unter der Schafwollmütze kurz vor dem Absterben waren, rief Großvater glücklich wie der Prinz, der endlich den passenden Fuß zum verlorenen Schuh gefunden hatte: „Die ist es." Und dann fiedelte er, als hätte er einen Kontrabass zwischen den Beinen, mit Großmutters schärfstem Küchenmesser ein lautloses Allegro, bis uns die Tanne mit den Gardemaßen zu Füßen lag.

Als wir erschöpft zurückkehrten, schlug Großmutter die Hände über dem Kopf zusammen und stellte fest, dass diese Tanne noch viel schöner und noch viel grüner als der Baum vom Vorjahr sei.

Auch ich empfand das so und schilderte das wahrheitsgetreu in einem Aufsatz, den meine Deutschlehrerin Frau Pingel uns Schülern gleich nach den Weihnachtsferien abverlangt hatte. Mein grüner Baum, der noch grüner als der letzte war, vermehrte die roten Balken am Heftrand so sehr, dass ich, um die Gesamtnote meines Aufsatzes vorzuzeigen, vier Finger einer Hand gebraucht hätte. Ich meldete mich nach der Ausgabe des Aufsatzes zögerlich und gab Frau Pingel zu bedenken, dass nicht nur ich, sondern auch drei erwachsene Menschen, nämlich meine Großmutter und mein Großvater und unser Briefträger, diese Tanne grüner als die letzte empfunden hatten. „Das gibt es nicht", fuhr mich Frau Pingel an, „grün ist grün und niemand auf der Welt kann das steigern."

Von nun an schrieb ich in meinen Aufsätzen nie wieder, wie es Weihnachten wirklich war. Ich erwähnte niemals, dass Großmutter mir verraten hatte, dass unsere Tiere, wenn sie Heiligabend besonders gut zu fressen bekamen, um Mitternacht miteinander redeten. Zu gern hätte ich gewusst, was die Schweine den Kühen erzählen oder die Hühner dem Hahn. „Belauschen darf man sie nicht", warnte mich Großmutter, „sie erschrecken dann so sehr, dass sie für immer sprachlos sind."

Und ich hatte, um mir weitere rote Balken am Heftrand zu ersparen, in meinem Aufsatz auch kein Wort zu unserem Weihnachtsmann geschrieben. Rot waren bei ihm nur Nase und Pudelmütze. Sein Mantel war, was die Pingel mir gewiss nicht abgenommen hätte, rabenschwarz. Er stotterte etwas weniger als der Briefträger und war zu mir sehr nett. Es reichte ihm bereits eine Strophe eines langen Gedichtes, und schon bekam ich alle meine Geschenke.

Großvater nahm er sich ganz anders vor, der musste Stellung nehmen, weshalb er den Hochzeitstag wieder einmal vergessen hatte und schwören, dass er in dieser Nacht der Weihnachtsgans nicht wieder einen gebratenen Flügel stehlen würde. Und als der Weihnachtsmann fragte, ob Großvater zum Fällen der Tanne etwa Großmutters bestes Küchenmesser benutzt hatte, rief ich voller Verzweiflung: „Opa, ich habe nicht gepetzt." Großvater strich mir über die Wange und sagte gereizt: „Lass mal Kind. Ich weiß längst, wer dem Weihnachtsmann solche Dinge in die Ohren tutet." Von meinen Verfehlungen im Laufe des Jahres schien der Weihnachtsmann keinen blassen Schimmer zu haben, denn im Gegensatz zum Großvater bekam ich nie etwas mit der Rute. Aber noch lieber als zu mir war der Weihnachtsmann zu Großmutter. Er zählte alle ihre guten Taten auf, ließ sich von ihr mehrere Gedichte aufsagen und nahm sie dafür jedes Mal in die Arme. Als er sie nach dem dritten Gedicht auf die Stirn küsste, sagte Großvater: „Nun reicht es, Gustav". Ich war sehr froh, endlich einmal den Vornamen des Weihnachtsmannes zu hören, aber in meinem Aufsatz habe ich ihn nicht notiert, denn Frau Pingel behauptete, dass Weihnachtsmänner weder einen Vor- noch Nachnamen haben.

Und in den Geschichten, die sie uns in den letzten Stunden vor den Weihnachtsferien vorlas, wurde immer lieblich gesungen. Bei uns ließen die Großeltern die Leute aus dem Radio singen und spielten gleich nach der Bescherung Skat. Denn jedes Mal, nachdem der Weihnachtsmann gegangen war, kam kurz darauf der Briefträger ganz zufällig bei uns vorbei. „Nein, so eine Überraschung", rief die Großmutter, und der Großvater brubbelte „Ja, ja" vor sich hin. Großmutter raffte die bestickte Decke vom runden Tisch, und Großvater füllte drei Gläser mit Korn, während der Briefträger die Karten mischte und uns allen „Frohe Weihnacht" wünschte. Und während ich meine Geschenke auspackte, mit Genuss zwei Schokoladenweihnachtsmännern den Kopf abbiss und Theaterstücke in der nagelneuen Puppenstube aufführte, hörte ich vom runden Tisch die Fäuste von Großvater, Großmutter und vom Briefträger lieblich auf den Tisch trommeln, und dazu klimperten die winzigen Berge aus silberfarbenen Pfennigen. „Darfst dir noch eine Apfelsine holen", sagte Großmutter. Ich genoss es, die Nase in das Päckchen zu stecken, das Tante Elsbeth aus Lübeck geschickt hatte. Nichts duftete Weihnachten so lieblich wie der Schuhkarton von Tante Elsbeth, in dem Orangen, Backpulver, Kaffee und Seife nebeneinander lagen. Und dieser einmalige Duft überführte Großmutter auch der Lüge. Ich glaubte ihr nicht, wenn sie mir einen Tag vor dem Fest vorjammerte, diesmal hat Tante Elsbeth gar nix geschickt. Ich hatte den Duft längst erschnüffelt und hätte mit Sicherheit sagen können, in welcher Kommode es diesmal versteckt war.

In der Nacht des Heiligabend schlief es sich gut im klammen schweren Federbett, weil mein Schlafanzug zuvor in der Ofenröhre kräftig gewärmt wurde, und es duftete noch immer im ganzen Haus nach Bratäpfeln, Tannengrün und dem Schuhkarton von Tante Elsbeth.

Und ich träumte himmlisch. Mit beiden Fäusten trommelte der Weihnachtsmann an Frau Pingels Tür. Er trug kurze Hosen, einen schwarzen Zylinder und überreichte ihr einen riesigen Umschlag. „Ein Geschenk für mich?", fragte Frau Pingel begeistert. Der Weihnachtsmann nickte und sagte: „Das ist ein Aufsatz von einem Kind mit dem grünsten Tannenbaum von der ganzen Welt." Sie musste ihn lesen, nachdem er ihr alle ihre Rotstifte abgenommen hatte, und dann ließ der Weihnachtsmann Frau Pingel ganz eiskalt stehen.

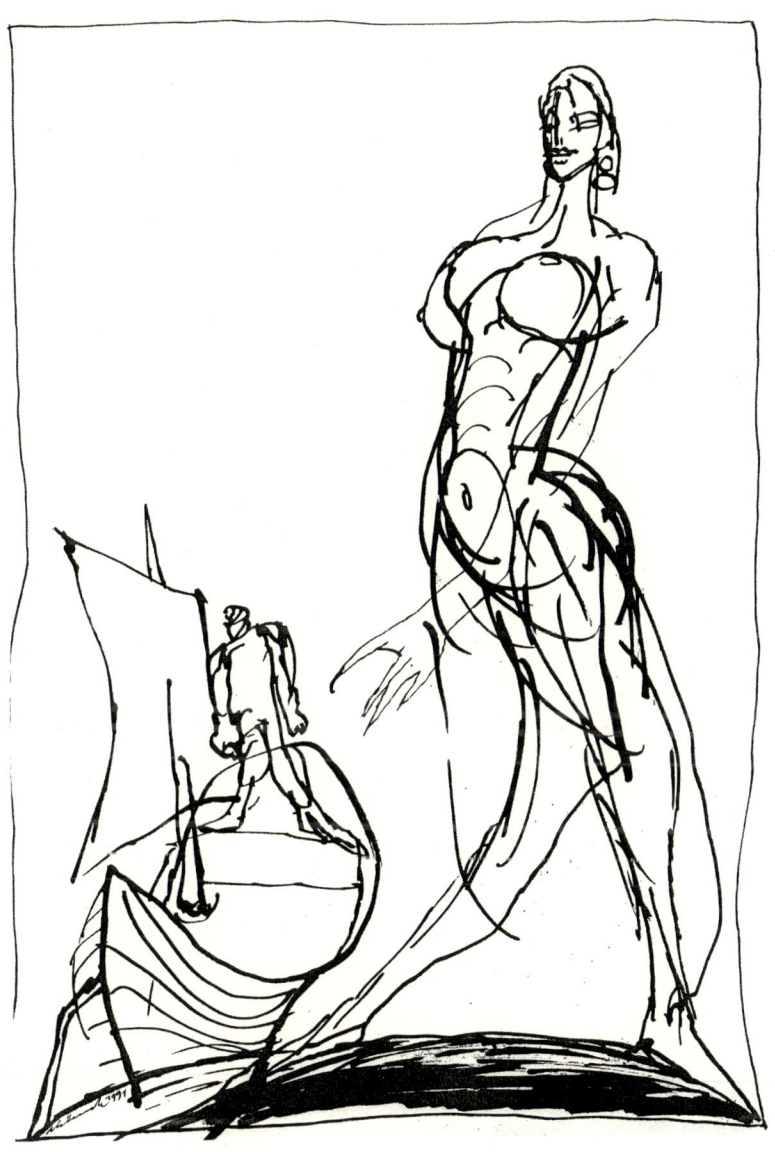

Beipackzettel für die unbedenkliche
Einnahme von Mecklenburg-Vorpommern

Sie brauchen weder Ihren Arzt noch Ihren Apotheker zu fragen. Mecklenburg-Vorpommern können Sie ohne Bedenken einnehmen. Es hat eine heilsame Wirkung, befreit Sie schon nach kürzester Zeit von hektischer Unruhe, mangelnder Zufriedenheit und der beängstigenden Enge im Herzen. Auch Ihr Blick wird sich weiten. Und Sie werden garantiert noch viel mehr sehen, wenn Sie auch Ihre Ohren aufsperren.

Lauschen Sie, wo immer sie können, der plattdeutschen Sprache. Die Gelegenheiten werden spärlich sein. Die jungen Leute hier sind keine guten Übersetzer. Sie hören zu Hause und in der Schule die Sprache ihrer schlichten Vorfahren kaum noch. Doch beim Fluchen rutscht ihnen das gebräuchlichste Schimpfwort der deutschen Sprache zum Glück oft noch plattdeutsch heraus.

Tucholsky sah zwischen dieser uralten Sprache und den Mecklenburgern viele Ähnlichkeiten. „Das Plattdeutsche", sagte er, „kann alles sein: Zart und grob, humorvoll und herzlich, klar und nüchtern und vor allem, wenn man will, herrlich besoffen."

Ja, diese Sprache hat es in sich. Sie ist wie ein Hammer aus Gummi, trifft immer ganz genau, aber stets sanft, und obendrein ist sie wie die Menschen hier, äußerst sparsam und dennoch enorm bildreich.

Wollen Sie Beispiele?

Ne säute Diern ist nicht nur ein schönes Mädchen, sondern auch eins, das mit Charme und Hinterlist den Männern den Kopf verdreht. Und einer, der Paragraphen mehr als das Leben liebt, wird hier Krümelkacker genannt. Dass ein Düsbüddel ein Vergesslicher ist, ein Gnatzmichel zänkisch, ein Windbüddel unruhig und ein lesenbieter widerstandsfähig ist, lässt sich erahnen. Schwieriger wird es schon bei den uralten und noch nicht vergessenen Gerichten dieses Landes. Tüften und Plum sind Kartoffeln, die zusammen mit Backpflaumen in Salzwasser gekocht werden und besser schmecken, als man denkt. Aber fahren wir fort mit Gerichten, deren Namen viel origineller sind als ihr Geschmack. Klackerklüt heißt eine Milchsuppe mit Mehlklößen. Dickere Mehlsuppen nennt man Klumpatsch. Rühreier heißen Pannschiet und die Roulade Lütt Farken. Wie man hier Eierlikör nennt, sollten Sie selbst in Erfahrung bringen.

Auf den vielseitigen Speisekarten in den hiesigen Gaststätten sind solche treffenden Bezeichnungen leider kaum zu finden. Aber benutzt werden sie immer noch, wenn sich z.B. ein Einheimischer diese Gerichte bei seiner Frau bestellt und nach ihrem Genuss in der Kneipe prahlt, wie gut er gerade gegessen hat. In diesem Lande essen die Einheimischen immer noch vorwiegend zu Hause, aber am liebsten trinken sie in der Kneipe, egal wie weit der Weg dorthin ist. Und es kann vorkommen, dass dem Mecklenburger oder dem Vorpommeraner an einem Abend in gemütlicher Klönrunde so viel Worte entschlüpfen, die eigentlich bei ihm für ein halbes Jahr gereicht hätten.

Ein Einheimischer hat so viele Worte wie ein richtiger Schotte Geld besitzt. Und er gibt wie der Schotte nur ungern etwas von seinem Reichtum her. Warum auch, wenn sich allein in einem Wort ganze Welten offenbaren. Und so bringt er auch sein Verhältnis zu Politikern schnell auf den Punkt. Für ihn gibt es nur Klaukbrägen oder Klaukschieter. Seine Meinung fällt man hier wie ein Urteil, und das gilt bis in die Ewigkeit.

Doch all dieses Gerede über den Mecklenburger oder Vorpommeraner interessiert den Mecklenburger oder Vorpommeraner selbst am wenigsten. Er hat schon immer seinen Kram gemacht ohne großes Gedöns und wird es auch weiter tun, denn er ist bodenständig und prinzipienfest.

Und scheint damit ein idealer Ehepartner zu sein. Zwar verliert er keine großen Worte über seine Liebe, aber er empfindet sie tief und hält an ihr fest. Da kann kommen, was will. Er weiß, was er hat und behalten will. Und zu dem, was er liebt, gehören auch seine Jahreszeiten.

Das Frühjahr - das alljährliche Erwachen im sonnengelben Meer. Der Sommer, der launische, der voller Überraschungen steckt. Immer zu heiß oder zu kalt, zu trocken oder zu verregnet und trotz alledem ist er letztendlich immer schön. Dann der Herbst, der Tage bringt, die für kurze Zeit selbst die Schwermut des grauen Novembers vergessen lassen und Stürme schickt, die herausfordern. Noch einmal bäumt man sich auf, stemmt sich den Winden entgegen. Und dann ist schon wieder der Winter da mit seiner Ruhe. Ein Geschenk, das ein Großstädter kaum noch annimmt. Aber hier in Mecklenburg ist man den Hamstern, den Igeln und den Bären noch sehr nah. Der Winterschlaf wird hier nicht ignoriert. Der Schritt wird langsamer und das Essen kräftiger. Man schätzt, was warm macht. Ein Gläschen Korn und Schweinebraten mit Sauerkraut. Und niemals, niemals dürfen Kartoffeln fehlen.

Die Wärme der letzten Glut zieht durch das Haus und taut die Liebe auf. Aus schweren, klammen Federbetten werden muntere Kuschelberge.

Wer den Winter so erlebt, hat verdammt viel Kraft für die neue Jahreszeit.

Fragen Sie Ihren Arzt oder Apotheker und beachten Sie bitte, dass sich ein absolutes Wohlbefinden erst nach einer wiederholten und regelmäßigen Einnahme von Mecklenburg-Vorpommern einstellt.

Nirgendwo ist der Himmel so offen

Nirgendwo ist der Himmel so offen
wie in dem Land
mit sanften Hügeln, stillen Seen,
wo in klaren Nächten
Sterne strahlend Schlange stehen.
Wäre Trojas Prinz
nur einmal hier gewesen,
hätte er seinen Apfel
nur diesem Himmel gegeben.
Dessen Wolken können
pausbäckige Gesichter
mit langen Nasen,
völlig übergewichtige Hasen,
Schlösser
und dampfende Suppenschüsseln,
Gnome
mit Elefantenrüsseln
und zarte Schleier von Bräuten sein.
Der Himmel hier stellt sich
auf viele Träume ein.
Und seine Abendglut
wärmt so
als wäre sie von Fleisch und Blut.
Ein stilles Feuerwerk ist hier
das sanfte Abendrot
aus Kirsch-, Purpur-, Rosen-,
Rost-, Scham- und Ziegelrot,
denn
nirgendwo ist der Himmel so offen.

Zur Autorin
Ditte Clemens

1952 in einem Altweibersommer

auf der Insel Rügen geboren,

nach der Schulzeit in Rostock

Mathematik-Physik-Studium

an der Hochschule in Güstrow,

1978 Promotion zum Dr. paed.,

16 Jahre Lehrtätigkeit (Mathematik)

an der Güstrower Hochschule.

Seit 1993 ist Ditte Clemens als freie Journalistin und
Schriftstellerin tätig, von ihr wurden Biografien, Erzäh-
lungen und Kinderreiseführer sowie Kindergeschichten
für Fernsehen und Funk veröffentlicht.

Zum Grafiker
Armin Münch

geboren am 1.Mai 1930 in Rabenau bei Dresden,
lebt seit 1955 in Rostock,

1958 bis 1960 Meisterschüler an der Deutschen Akade-
mie der Künste, Berlin,

1960 bis 1970 freischaffend in Rostock tätig,

1970 bis 1976 Lehrtätigkeit an der Kunsthochschule
in Berlin-Weißensee,

1976 Professur für Kunst in Greifswald,

seit 1995 Mitarbeit in der Kunstschule in Bochum,

1996 bis 2000 Lehrauftrag an der Universität Rostock,

nationale und internationale Ausstellungen.

Fantasie und Wirklichkeit, sachliche Beobachtung, iro-
nisch freundliche Übertreibung und heitere Frivolität
kennzeichnen die Arbeiten von Armin Münch auch in
diesem Buch.